PROMESSAS

LORI BEASLEY BRADLEY

Tradução por

JU PINHEIRO

Publicado em 2021 por Next Chapter

Capa de CoverMint

Edição de impressão grande

Este livro é uma obra de ficção. Nomes, personagens, lugares e incidentes são o produto da imaginação do autor ou são usados ficticiamente. Qualquer semelhança com eventos reais, locais, ou pessoas, vivas ou mortas, é pura coincidência.

I

Ivy Chandler encostou-se na grade da varanda do hotel resort, olhando para o amplo deserto em tons de vermelho e dourado sob o sol poente. Uma brisa quente e úmida bagunçava seu cabelo e rclâmpagos brilhavam no céu que escurecia.

Ivy cresceu no meio-oeste, onde os níveis de umidade em agosto atingiam a faixa superior de noventa por cento e ela revirava os olhos toda vez que ouvia os moradores do Arizona reclamarem sobre vinte e cinco por cento. Se tivesse sorte, o relâmpago significava uma tempestade refrescante de verão.

Seu cabelo afastou-se do pescoço e ela sentiu o hálito quente em seu ombro quando ele a acariciou. O corpo de Carl, úmido e frio do banho, esfregou-se contra o dela enquanto ele serpenteava os braços ao redor e para dentro do robc frouxo para encontrar seus seios. Ele beliscou seus mamilos e ela gemeu quando eles se firmaram em botões pulsantes entre seus dedos. Ivy recostou-se em seu corpo robusto.

"Você é um demônio," ela suspirou, apreciando a maneira como seu corpo reagia ao toque dele. Carl beliscou com mais força e seu clitóris começou a pulsar junto com seus mamilos. Ivy estendeu a mão por trás dela e acariciou a ereção de Carl enquanto gotejava um pouco na parte de trás de sua coxa. Ela estremeceu com cada beliscão e torção que ele lhe deu.

"Vem cá, querida." Ele puxou Ivy mais para perto e sua ereção a cutucou por trás. "Vamos para a cama. Feche as portas do pátio ao entrar ou o quarto ficará cheio de areia." Carl Anderson puxou o robe de seda dos ombros dela e o deixou escorregar até o chão do pátio de concreto.

Ivy virou-se e observou-o arrastá-lo para o quarto luxuoso. Ele puxou para trás a colcha ornamentada para revelar lençóis de algodão branco. "Venha, querida." Carl esparramou-se na cama e acariciou sua ereção para ela ver. "Ele precisa de você, querida. Ele precisa muito de você."

Ivy seguiu Carl para dentro e fechou as portas francesas de vários painéis. Ela caminhou até a cama e juntou-se a ele. Ivy se inclinou e baixou a boca em sua ereção.

O corpo de Carl ficou tenso com o toque de

seus lábios macios. Ela usou a língua para remover o líquido pré-ejaculatório da cabeça e fez cócegas naquele ponto onde a cabeça encontrava o eixo. Ivy o sentiu estremecer de prazer quando ela apertou a boca ao redor do pênis duro. Carl gemeu de prazer e enfiou os dedos nos cabelos dela, empurrando sua cabeça ainda mais para baixo em sua ereção. Ivy acariciou seu pênis com a boca por alguns minutos antes de se afastar.

"Não pare agora, querida," ele implorou. "Preciso disso. Preciso disso agora."

"Querido, você tem sexo na cabeça." Ela caiu para trás e estremeceu quando a mão forte dele desceu pela sua barriga para descansar no monte de pelos sedosos entre suas coxas. Os dedos dele massagearam seu clitóris, enviando arrepios pela sua virilha e pelos seus seios também.

"Oh, Carl," Ivy suspirou, "não pare. Me faça gozar com seu dedo primeiro." Ela abriu mais as pernas e esfregou a ereção com a coxa firme e suave.

"Posso estar velho, querida, mas ainda não estou morto. Tenho necessidades." Ele se inclinou e tomou um mamilo em sua boca e chupou forte, beliscando-o de brincadeira com seus dentes uniformes e brancos.

Ivy passou a mão pelo seu cabelo grosso e branco e gemeu: "Mais forte." Ela estendeu a mão e começou a massagear a ereção pulsante. Ela provocou a cabcça com a ponta dos dedos antes de agarrar seu pênis duro completamente em sua mão e acariciá-lo com gentileza, apertando e afrouxando a mão enquanto ele bombeava em seu punho bronzeado.

"Você tem dedos mágicos, querido." Ele rolou em cima dela e olhou em seus olhos azuis. Ela continuou a acariciá-lo e seus olhos reviraram. "Continue assim e vou ter que puni-la com vontade." Ivy o acariciou e deu um aperto suave em suas bolas.

"Você sempre me pune com vontade, querido." Ela segurou sua ereção e puxou.

Carl continuou a dedilhar sua umidade quente e massagear seu clitóris pulsante até que Ivy se contorceu e gemeu debaixo dele de prazer sobre os lençóis caros.

"Quero você dentro de mim agora, querido," ela disse, ofegando. "Você está me enlouquecendo. Não posso esperar." Ivy arqueou em seus dedos exploradores com entusiasmo. Carl retirou os dedos da sua fenda e apoiou os braços no travesseiro ao lado da cabeça dela, posicionando-se acima de seu corpo enquanto a penetrava. Ivy gemeu, passou os braços ao redor do pescoço dele e puxou seu rosto para o dela. Seus lábios se encontraram e a língua dele empurrou seus dentes para encontrar a dela. Ela deleitou-se com o gosto quente e salgado dele.

Ivy encontrou suas estocadas com vigor até que a pulsação entre suas coxas explodiu em ondas requintadas de prazer.

"Oh, meu Deus, estou gozando, Carl, estou gozando." Seu orgasmo pulsante desencadeou o dele e Carl gemeu e estremeceu em cima dela. Seu suor gotejou no rosto dela antes que ele rolasse seu corpo exausto de cima dela, ofegando.

"Oh, querida, você me ordenha muito bem," ele disse, sem fôlego ao lado dela.

Ivy passou os dedos pelos cabelos castanhos úmidos de suor, que eram mantidos escuros com frascos da tintura Miss Clairol regularmente agora que ela tinha chegado aos cinquenta e poucos anos.

"Por quanto tempo vamos continuar assim, Carl?" Ivy perguntou, olhando para as pás do ventilador de teto enquanto elas giravam lentamente acima deles. "Nenhum de nós está ficando mais jovem. Por quanto tempo vamos continuar nos esgueirando por aí como duas crianças?" Ivy abordou o assunto com cautela.

Os dois estavam se vendo há quase um ano, e Ivy tinha esperado que o relacionamento fosse além do quarto, mas isso não aconteceu. Ela virou a cabeça no travesseiro macio para vê-lo olhando para o teto de maneira inexpressiva.

Talvez eu tenha cedido fácil demais. Ele não me respeita. Eu deveria ter brincado de ser uma daquelas virgens renascidas das quais ele sempre reclama. Ele realmente quer uma mulher que possa levar em casa para a mãe, não um brinquedo. Sou boa o suficiente nos dias de semana quando ele não está viajando, mas não sou boa o suficiente para levar em suas malditas viagens para encontrar sua família e amigos.

Carl se apoiou no cotovelo e olhou para ela com uma centelha de irritação em seus olhos azuis claros. "Querida, já passamos por isso antes. Eu viajo demais para um relacionamento além disso."

Ele deu um tapa de brincadeira em seu quadril nu. "Você sabe que ama isso. Você consegue ficar em um lugar agradável por alguns dias e ter o melhor sexo que já teve na vida." Ele riu e caiu de costas nos travesseiros. "Você quer sair ou deveríamos pedir serviço de quarto?"

Ivy não olhou para ele, mas sentou-se e jogou as pernas longas para fora da cama. "Faça como quiser." Ela pegou dois lenços de papel da caixa ao lado da cama e limpou-o entre as suas coxas antes que pudesse escorrer por suas pernas. "Vou tomar um banho quente."

"Serviço de quarto, então," ele disse com um resmungo e pegou o telefone. Ivy ouviu enquanto ele pedia bistecas malpassadas, batatas recheadas e saladas com molho Thousand Island. Sem sobremesas. "Você vai ficar zangada comigo durante todo o jantar?" Ele perguntou enquanto enxaguava o pênis flácido na pia enquanto ela entrava no chuveiro.

"Não estou zangada, Carl, apenas desapontada." Ivy ficou sob a água quente, deixando o spray lavar suas lágrimas de frustração.

Ivy se apaixonou pelo homem depois de seu

primeiro encontro para um café com pãezinhos em um Starbucks quase um ano antes. Eles se conectaram através de interesses mútuos por meio de um site de namoro, trocaram e-mails por alguns dias e, em seguida, trocaram números de telefone e começaram a enviar mensagens de texto e conversar regularmente. Ambos tinham educação do meio-oeste, educação universitária, casamentos, divórcios e filhos adultos. Pareceu a Ivy que eles se deram bem.

Depois do café, eles voltaram ao apartamento de Ivy para uma longa tarde de Olimpíadas no quarto. Para duas pessoas da idade deles, eles conseguiram suar até os lençóis e desfrutaram de posições que nenhum dos dois tentavam há anos. O sexo foi extraordinário e as conversas antes e depois ainda melhores.

Confiante de que tinha encontrado *a pessoa certa*, Ivy excluiu seu perfil do site de namoro e parou de falar com outros homens com quem se relacionava lá.

Ivy, uma aspirante a autora, havia publicado por conta própria alguns romances e continuou a se dedicar a esse ofício, mesmo nestes últimos anos de sua vida. Ela gostava de discutir seu trabalho com Carl, que a encorajou a seguir seu sonho, buscando contratos de publicação e conseguindo um agente.

Embora seus encontros tivessem continuado praticamente da mesma maneira, um café ou almoço seguido de sexo em seu apartamento, a qualquer momento em que Ivy mencionava levar o relacionamento deles para um nível de maior comprometimento, Carl a menosprezava com desculpas de que precisava viajar por causa dos seus muitos negócios em investimento imobiliário e viagens em família. Após um ano, Ivy ainda não tinha conhecido ninguém da sua família e ele tinha recusado inúmeros convites para conhecer a dela.

Por que estou perdendo meu tempo com este homem? Ele está nisso apenas pelo sexo. Meu Deus, pensei que tivesse superado esse tipo de merda depois do ensino médio.

Ivy assoou o nariz na toalha, enxaguou-o, desligou o chuveiro e saiu para o tapete. Ela puxou a toalha grossa de algodão egípcio da prateleira. Ivy enrolou o cabelo na toalha pesada e pegou outra para seu corpo que pingava. Ela sentou-se no vaso sanitário para secar as pernas compridas e as inspecionou. Elas ainda não pareciam que precisavam ser depiladas e ela suspirou para si mesma. Ela podia ser uma mulher mais velha agora, mas fazia o possível para se manter.

Ivy não pretendia ser uma mulher como sua mãe, que fez sessenta anos, divorciou-se e parou de viver ou de cuidar da sua aparência física. A mãe de Ivy morreu sozinha aos sessenta e cinco e ela não queria o mesmo destino.

Depressão era comum em sua família, mas Ivy não pretendia ser vítima dela como outras mulheres da linhagem de sua mãe. Duas tias cometeram suicídio, e sua mãe também pode ter, embora os médicos tivessem garantido a Ivy e sua irmã, Carrie, que tinha sido decorrente de complicações após uma pequena cirurgia.

O aroma de carne grelhada no carvão recebeu Ivy quando ela saiu do banheiro. A mesinha ao lado das portas do pátio continha a comida e uma garrafa de seu vinho tinto doce favorito. Carl cuidou de cada pequeno detalhe, e isso o tornou benquisto para ela. Ele se lembrou de todos os prazeres dela, incluindo o vinho que ela preferia com seu bife.

Carl puxou a cadeira dela. "Aqui está, senhora. Seu banquete espera por você, assim como eu." Ele ergueu a tampa de metal do prato dela para revelar uma bisteca suculenta e malpassada com todos os acompanhamentos, incluindo pãozinhos de levedura fofinhos. Carl serviu-lhe o vinho e colocou a taça delicada de haste longa ao lado de um copo de água gelada com uma fina fatia de limão flutuando entre os cubos.

Ivy inalou o aroma da comida e percebeu quão faminta ela realmente estava. Eles tomaram o café da manhã juntos no restaurante do hotel, mas pularam o almoço para dar um passeio a cavalo pelas altas montanhas do deserto, repletas de zimbro, acima do resort.

Ivy adorava cavalos, mas não montava desde a infância na fazenda. Carl, um cavaleiro dedicado, a criticou por sua inexperiência e riu descontrolado quando a besta idiota a jogou em algum cascalho solto na encosta da montanha. Felizmente, nada além de seu ego, sofrera mais do que um hematoma, para seu alívio. Ela não podia se dar ao luxo de uma viagem ao hospital com um osso quebrado.

Ivy tomou um longo gole do vinho doce, depois acompanhou-o com mais um longo gole de água gelada.

"Isso está lindo." Ivy pegou o garfo e a faca e começou a cortar para separar a carne do osso longo do bife suntuoso. Ela colocou o osso de lado e cortou a carne em pedaços pequenos antes de polvilhar a batata com sal e pimenta e despejar a manteiga e o creme de leite.

Ela viu Carl observando-a amassar a combinação dentro da concha marrom da casca da batata. Ela se perguntou se ele a considerava uma caipira atrasada, tratando a comida do jeito que ela fazia.

Ivy não tinha a experiência de jantares sofisticados como ele e temia que ele a desprezasse por causa disso. Ela conseguia se virar em um coquetel, mas poderia envergonhá-lo em um jantar sofisticado. Na fazenda, um garfo era um garfo, e você usava o mesmo para todos os pratos.

"Talvez eu devesse ter pedido purê de batatas para você," Carl riu. Ele cortou sua batata salgada e apimentada, mergulhou-a em seu copinho de manteiga e depois no creme de leite antes de colocá-la na boca.

Ele cortava o bife antes de cada mordida, em vez de tudo de uma vez, como ela. Ivy preferia comer sua comida em paz, em vez de trabalhar nela durante a refeição. Mais uma vez, ela suspeitou que envergonhava Carl com seus hábitos alimentares interioranos grosseiros.

Simplesmente não sou sofisticada o suficiente para ele. Jamais irei me encaixar com a multidão do seu clube de campo. Sou boa o suficiente para sua cama. Não, nem mesmo sua cama. Ele nunca me levou para sua casa. Ele já esteve no meu pequeno apartamento dezenas de vezes, mas eu nunca vi o dele.

Pelo menos ele me leva a bons hotéis e não a pocilgas pagas por hora. Nunca admitirei para ele que já visitei uma dessas. Apenas não sou boa o suficiente. Ele nunca vai me deixar entrar em sua vida mais do que isso. Eu deveria fazer as pazes com isso.

Lágrimas queimaram os olhos de Ivy mais uma vez, mas ela as rebateu e tomou outro gole de vinho. "O vinho é perfeito."

"Não é o vintage que eu queria, mas o segundo melhor." Ele também tomou um gole, depois enxugou a boca com o guardanapo de linho branco. "Como está seu bife? Malpassado o suficiente?"

Ivy pegou um dos cubos de carne cor-de-rosa sangrento e colocou-o na boca, saboreando o suco suculento e quente que inundou sua língua. Ela mastigou e engoliu.

"Dclicioso. Do jeito que eu gosto; apenas um

pouco além de um mugido." Ivy gostava de seus bifes muito malpassados, mas bem grelhados por fora.

Seu pai a ensinou a cozinhar bife em sua velha churrasqueira a carvão e insistiu que o sabor estava nos sucos vermelhos tostados pelo clarão ao chamuscar sobre as brasas. Ivy havia concordado com o pai em pouquíssimas coisas, mas sua opinião sobre como grelhar bifes era uma delas.

Sua mãe, por outro lado, insistia em grelhar seus bifes até a consistência de couro de sapato, tornando-os intragáveis na opinião de Ivy. Carl gostava do seu bife ao ponto para malpassado, somente com pouquíssimo suco rosado escorrendo dele e Ivy considerava isso uma blasfêmia.

"Você ainda está chateada comigo?" Ele perguntou enquanto colocava uma porção de espinafre na boca.

"Não estou chateada com você. Estou chateada com essa situação. Você sabia desde o começo que eu estava procurando um relacionamento sério e não apenas a coisa de amigos com benefícios." Ivy estava perdendo o apetite, mas se recusava a desperdiçar a excelente refeição. Com sua renda fixa, jantares com filé eram poucos e esparsos.

"Estou comprometido em ser amigo com todos os benefícios para nós dois." Ele pegou um dos pãezinhos do jantar e jogou nela.

Com reflexos rápidos, Ivy pegou o pãozinho antes que a atingisse no rosto. "Sou apenas uma prostituta para jantares com filé e bons quartos de hotel, não é?" Ivy bufou secamente.

"Não se esqueça dos passeios a cavalo," ele disse com um sorriso malicioso.

"Oh, sim. Você viu os hematomas na minha bunda?"

Ele ergueu sua taça de vinho em uma saudação fingida. "E é um hematoma muito bonito."

"Não achei que tivesse caído com tanta força, mas certamente é um hematoma extraordinário."

"Não há grama lá para amortecer a queda," ele disse pensativo enquanto passava manteiga em um pãozinho para si. "Acho que você caiu sobre a rocha sólida. Estou surpreso que você não quebrou nada." Ele mordeu o pãozinho quente e mastigou. "Talvez devêssemos providenciar algumas restrições para você na próxima vez." Carl riu com a boca cheia de pão.

"Eu me machuco com muita facilidade. Sempre me machuquei," Ivy disse com um sorriso de escárnio.

"Lembro-me da primeira vez que fizemos isso por trás." Ele riu lascivamente. "Você ficou com os hematomas das minhas impressões digitais nas nádegas de sua bunda por uma semana."

Ela teve que sorrir com a lembrança. "Eu sei. Pensei que minha irmã ia ter uma vaca quando as viu."

"Sua irmã parece uma velha puritana amargurada. Ela já gostou de sexo?" Carl deu sua última mordida na batata, seguida por um pedaço de bife.

"Ela diz que sim," Ivy suspirou. "Ela só se preocupa muito comigo. Ela tem medo de que eu me machuque."

"Você está?"

"Estou o quê?" Ivy terminou seu vinho.

"Está se machucando?"

"Não fisicamente," Ivy suspirou e limpou a boca. "Emocionalmente um pouco."

"Fui honesto com você, Ivy. Estou muito ocupado para mais do que temos aqui." Ele gesticulou para a encantadora sala de estilo ocidental acentuada por suas lamparinas de sombra vermelha com pingentes de cristais claros de design do século XIX. "Se isso não é suficiente para você, então talvez devêssemos repensar. Nunca te fiz nenhuma promessa. Fiz?"

"Não, e eu estive repensando, Carl, e repensando novamente. Eu quero mais, mas também quero isso." Ela permitiu que ele reabastecesse sua taça de vinho. "Eu te amo, Carl e você sabe disso. Sei que não sou o tipo de mulher que você realmente deseja, mas estou aqui sempre que você me quer. Talvez isso esteja errado, mas é o que é."

"Querida, não quero machucá-la e quero ser justo, mas não estou em posição de iniciar um relacionamento do tipo que você deseja agora. Preciso da liberação sexual, e você é uma mulher muito sexy, mas tenho muitas responsabilidades nesse momento para assumir outra."

"Eu sei, querido. Vamos apenas esquecer que toquei no assunto e aproveitar nossa noite." Ivy piscou para conter as lágrimas novamente e bebeu mais vinho. Vinho sempre parecia ajudá-la a superar suas decepções no que dizia respeito a Carl. "Prometo não falar mais no assunto."

⁂ 2 ⁂

Duas semanas após seu retorno do Apache Mountain Resort, Ivy estava na pequena cozinha estilo galé de seu apartamento, misturando um pouco de salada de repolho para acompanhar seu jantar de carne de porco desfiada.

Carl iria se juntar a ela em breve, e ela queria ter tudo pronto quando ele chegasse. Ivy despejou as batatas fritas da cesta da fritadeira no balcão.

Esta seria sua última visita antes de sair da cidade novamente, e Ivy queria que tudo estivesse perfeito. Eles não tinham conversado muito desde o retorno daquela viagem, e isso a preocupou um pouco. Então ele mandou uma mensagem para ela no computador e ela o convidou para jantar. Ivy ficou aliviada quando ele aceitou seu convite com alegria.

Provavelmente ele está apenas com tesão. Ele precisa esvaziar seu pênis antes de sair para a estrada novamente.

Seu gato malhado amarelo, Cheshire, se enroscou entre seus pés, implorando por petiscos caídos.

"Saia daqui, seu parasita. Isso é repolho e você não gosta." O gato deu um uivo mal-humorado, mas caminhou até a sala de estar para ocupar seu lugar no sofá. "Haverá carne de porco mais tarde," Ivy assegurou-lhe.

A campainha tocou e Cheshire saltou do sofá e correu para o quarto. "Que gatinho corajoso você é," ela disse, dando uma bronca no gato. "Vou comprar um cachorro." Ivy enxugou as mãos em um pano de prato e caminhou até a porta.

"Oi, querido," ela cumprimentou Carl com um beijo profundo.

"Tem um cheiro bom aqui, querida. O que você está cozinhando?" Ele entregou-lhe um saco de papel do The Wine Seller. Ela abriu o saco e tirou uma garrafa de Riesling.

"Carne de porco desfiada e salada de repolho," Ivy disse. "E torta de amora com sorvete de sobremesa."

"Você sabe do que eu gosto, querida, mas esperava um pouco mais para a sobremesa." Ele deu um tapa em seu traseiro. "Como está o hematoma?"

"Muito melhor. É apenas uma grande mancha amarela sensível agora."

Carl apertou seu traseiro. "Vou beijá-lo e deixar tudo melhor depois do jantar."

"Tenho certeza de que você irá," ela riu. "Quando você está partindo e para onde dessa vez?"

"De manhã, por volta das cinco. Tenho que estar em Tulsa no dia seguinte para uma conferência imobiliária."

"Por um triz, não é? Você deveria ter ido hoje."

"Então eu teria perdido este belo jantar e a sobremesa ainda melhor." Ele beliscou seu seio.

"Você está comprando, vendendo, discursando ou tudo isso?" Ela perguntou enquanto colocava pratos de porcelana branca na mesa redonda de carvalho.

"Vou discursar sobre a importância de estudar composições no mercado e procurar propriedades para alugar em alguns lugares do campus." Carl estava sentado em uma das cadeiras de carvalho robustas. "Eu estava pensando se você gostaria de se juntar a mim nesta viagem."

Ivy olhou para ele boquiaberta. Ele nunca a convidou para se juntar a ele em uma de suas viagens antes, embora ela tivesse mencionado o assunto várias vezes no passado, indicando que não tinha restrições de tempo e estava livre para viajar. Ele sempre a rejeitava com desculpas para esta ou aquela reunião.

Este é um truque maldito. Ele está revelando isso para mim de última hora, pensando que vou dizer não por causa de

Cheshire. Então não posso dizer que ele nunca me pediu para ir com ele.

"Eu adoraria, Carl." Ela observou seu rosto à procura de uma expressão de surpresa. "Vou ter que fazer uma mala bem rápido e ligar para minha irmã vir alimentar e dar água ao Cheshire, mas eu adoraria." Ela levou a tigela da panela elétrica com a carne de porco para a mesa e voltou para a cozinha para pegar a salada de repolho e os pães. "Você quer me pegar aqui de manhã ou passar a noite?"

"Pensei em levá-la para casa comigo e sair de lá pela manhã." Ele serviu o vinho branco suave em taças do armário ao lado da mesa e entregou-lhe uma. "Sei que é de última hora, mas realmente quero passar um tempo com você, Ivy e voltarei imediatamente para cá depois da conferência. A maioria das minhas viagens costuma ser muito mais longa," ele disse, bebericando o vinho, "Então pensei que esta seria finalmente uma boa oportunidade para ver como viajamos juntos."

"Parece bom para mim. Posso fazer a mala depois do jantar. Quanto tempo ficaremos fora?"

"Não mais do que uma semana. Haverá um coquetel semiformal, mas business casual na maior parte. Você concorda com isso?" Ele preparou um sanduíche para si mesmo e pegou algumas batatas fritas da tigela. "Isso parece e tem um cheiro muito bom, querida. Sei que vai ter um gosto ótimo também. Então, você tem o guarda-roupa para uma semana de conferências e coquetéis entedientes?"

"Estou bem, desde que haja um ferro no quarto para que eu possa tirar as rugas das minhas roupas," Ivy disse, tonta de antecipação. Mentalmente, ela vasculhou seu armário. Algumas saias, jaquetas, calças e regatas deveriam mantê-la por uma semana muito bem.

Ivy havia comprado a maior parte de seu guarda-roupa para que pudesse ser combinado para compor vários trajes que passariam por business casual. Seu vestido de veludo preto serviria para um coquetel, e suas sapatilhas pretas serviriam para tudo. Jeans para viagens, seu maiô e uma camisa de dormir comprida deveriam completar tudo. No momento em que terminaram a refeição, Ivy já havia feito sua mala mental.

"Vamos ficar no Clarion," Carl disse, e Ivy pensou que ele estava tentando impressioná-la com as acomodações elegantes. "Tenho certeza de que haverá um ferro disponível, ou você pode usar o serviço de camareiro." Carl começou a pegar os pratos e levá-los para a cozinha pequena, mas limpa e arrumada. "O que você quer que eu faça com as sobras?"

"Há recipientes com tampa no armário sobre o fogão. Coloque a carne de porco em um e coloque no freezer junto com as batatas fritas. O resto da salda de repolho pode ir para o lixo. Se toda a carne de porco não couber no recipiente, coloque um pouco para Cheshire. Ele adora carne de porco desfiada."

Ivy ligou para a irmã a caminho do quarto e fez os arranjos para que Carrie desse uma olhada no gato a cada poucos dias, reabastecesse seus pratos de comida e água e limpasse sua caixa de areia. Cheshire tendia a ser exigente com sua caixa e teria um ataque de miados se achasse que a caixa precisava ser limpa.

Felizmente, gatos são criaturas solitárias que podem se divertir e usar uma caixa de areia. Em seu quarto, Ivy pegou a mala que acabara de esvaziar da viagem ao resort e arrumou com todos os itens que havia anotado mentalmente durante o jantar.

Ivy não acreditava que já tivesse feito as malas tão rápido em sua vida. Felizmente, a maioria dos produtos de higiene pessoal ainda estava em sua bolsa de mão e tudo que ela teve que substituir foi sua escova de dentes, pasta de dente, desodorante e o estojo de remédios semanal. Ela certificou-se de que estivesse completo e jogou dentro da mala os frascos cheios dos seus itens mais essenciais.

Os únicos remédios com os quais eu precisava me preocupar quando era mais jovem eram aspirina e anticoncepcional. Agora há pressão arterial, colesterol e a besteira das dores. Envelhecer é uma merda. É melhor eu não esquecer meu maldito carregador de telefone também. O que o mundo fazia antes dos telefones celulares? Passamos um tempo tranquilo no carro, era isso. A única vez em que precisávamos nos preocupar em ser incomodados por parentes ou vendedores irritantes era em casa. Agora o celular nos deixava liberados para sermos incomodados em nossos momentos mais tranquilos. Mas é bom ter no caso de um pneu furado.

Ivy veio do quarto, carregada com suas malas, e as deixou ao lado da porta. “Você está pronto para um pouco de torta e sorvete?”

“Parece bom para mim, querida. Você conseguiu tudo? Está levando seu laptop?”

“Está na minha bolsa junto com os cabos, o carregador do meu telefone e meus remédios. Acho que tenho tudo.”

“Você está levando seu maiô? Eles têm uma bela piscina coberta e uma banheira de hidromassagem no Clarion.”

“Sim.” Ivy mergulhou duas bolas cheias de sorvete de baunilha na torta de amora-preta quente e levou as tigelas para a mesa. “Vou tomar outra taça de vinho com isso. *Não* vou dirigir. Você quer café?”

“Não, o sorvete é o suficiente. Você é uma ótima cozinheira, querida.”

“Apenas um cardápio rural simples, nada de especial.”

“É especial para mim porque não tive que cozinhá-lo e não vou comê-lo em algum restaurante solitário.” Ele atacou em seu prato com prazer. “Tão bom.”

Após limpar os pratos da sobremesa e colocar a

torta no freezer, eles carregaram as malas de Ivy até o Lexus de Carl e dirigiram até seu condomínio em Paradise Valley. Ivy ficou impressionada, mas fez o possível para não deixar transparecer.

Seu automóvel de luxo fazia com que o sedã dela, de quase 20 anos, parecesse um pedaço de lixo e o condomínio fazia com que seu apartamento eficiente, construído no início dos anos 80, parecesse uma favela.

Sei que ele pensa que estou atrás dele por causa do seu dinheiro. Ele tem que acreditar nisso. Por que não iria? Sou pobre e tenho uma renda fixa escassa. Ele é um médico aposentado e um investidor imobiliário de sucesso. O que eu tenho a oferecer a ele além daquilo que está entre as minhas pernas e uma imaginação aventureira? Sei que ele conseguiria algo melhor do que eu em seus próprios círculos sociais. Talvez as mulheres da classe alta não se entreguem tão facilmente quanto o pobre lixo sem classe do campo como eu. Mas não sou sem classe.

Fiz a coisa toda do country club rentável e lucrativo quando estava no varejo. Fui àquelas festas com carreiras de cocaína nas mesas de centro com tampo de vidro, carros com portas que abriam para cima e Porsches na entrada das garagens. Já fiz isso, me lembro das ressacas. Foi divertido no momento, mas essas pessoas eram falsas e idiotas. Elas tinham suas casas grandes e carros elegantes, mas precisavam de drogas e amigos falsos para apoiá-las e fazê-las se sentirem importantes. Eu ia a essas festas com roupas da Dress Barn, mas parecia tão bem quanto elas e podia conversar com qualquer uma delas. Dane-se isso. Sou tão boa quanto ele, e se ele não consegue ver isso, quem perde é ele, não eu.

"Qual é o problema, querida?" Carl perguntou quando ela não abriu a porta depois que eles estacionaram na garagem. "Você precisa das duas malas?"

"Não, apenas a pequena se essas roupas estiverem bem para viajar amanhã." Ela olhou para suas leggings jeans simples e sua camisa de algodão.

"Você deve usar aquilo em que se sentir confortável. Você está ótima para mim, querida."

Carl saiu e deu a volta para abrir a porta para ela. Ivy apreciava que ele ainda praticasse essas pequenas civilidades. Algumas mulheres alegavam que cavalheiros de verdade não existiam mais, mas Dr. Carl Anderson era um verdadeiro cavalheiro que ainda abria portas e segurava a cadeira para uma mulher. Ivy nunca considerou isso sexista ou humilhante. Ela gostava. Talvez ela *fosse* apenas uma caipira antiquada, afinal.

Ivy entrou na cozinha imaculada com eletrodomésticos de aço inoxidável, bancadas de granito e piso de mármore italiano. Uma prateleira de ferro preto estava pendurada sobre uma ilha central cheia de caçarolas e panelas de aço inoxidável brilhante. As tampas de vidro estavam em cima da prateleira. Cortinas de xadrezinho vermelho e branco estavam penduradas nas janelas, dando ao cômodo um apelo tipicamente campestre.

Seria um prazer cozinhar em uma cozinha como esta.

Carl conduziu Ivy pela cozinha, passando por uma escada ampla e entrou em uma sala de estar igualmente charmosa. Arte ocidental estava pendurada nas paredes acima de móveis estofados de couro e adornados com tachas de latão. Uma lareira funcional em uma das paredes exibia uma pesada cornija de carvalho e grelhas de ferro preto.

A cabeça de taxidermia de um búfalo branco olhava para ela de cima da lareira. Um grande ventilador de teto girava preguiçosamente no centro da sala, circulando o ar. Lindas lamparinas antiquadas adornavam mesas de canto de carvalho, e uma estátua de bronze de um cavaleiro do Pony Express estava no centro da mesinha de centro combinando. O maior relógio de pêndulo que Ivy já tinha visto fazia tique-taque em outra parede. Ivy teve dificuldade em absorver tudo.

Eles passaram por uma sala ocupada por uma mesa ornamentada e estantes repletas de livros encadernados em couro. Ivy presumiu que fosse o home office de Carl. O brilho azul de uma tela de computador iluminava a sala.

No final do corredor, Carl a conduziu para um quarto que transportou Ivy de volta no tempo cem anos. Uma enorme cama de dossel de ferro estava no centro de uma das paredes. Em frente à cama havia um guarda-roupa vitoriano de 2,5 metros de altura com espelhos estampados a ácido nas portas.

Tapetes trançados ovais repousavam no piso de mármore de cada lado da grande cama, mais lamparinas com cúpulas de vidro lapidado em verde brilhante nas mesinhas de cabeceira de carvalho. Um lavatório de carvalho com um grande cântaro e bacia ricamente pintados estava ao lado da janela, que possuía cortinas de renda do chão ao teto flanqueadas por ricas cortinas de veludo vermelho, combinando com a colcha com franjas douradas e os porta travesseiros.

"Carl, isso é lindo. Você mesmo o decorou?"

Ivy deu uma espiada no banheiro adjacente decorado com retratos ovais em miniatura, cortinas de renda e um grande relógio de porcelana entre as pias duplas. Mais tapetes ovais estavam diante da banheira e da pia, e ricas toalhas de algodão egípcio penduradas nos suportes de ferro preto para toalhas. Os cômodos eram de tirar o fôlego.

"Você não acha que um homem pode decorar?" Carl riu, mas Ivy percebeu que ele apreciava sua admiração por sua bela casa. "Você deveria ver o quarto de jogos lá em cima."

Ivy ergueu uma sobrancelha. "Não é como o quarto de jogos de Christian Grey, espero."

"Não," ele riu, "estritamente um quarto de jogos com uma mesa de bilhar, uma mesa de Faro com tampo de feltro e um velho bar que resgatei de um saloon em Bisbee que estava sendo demolido. Remonta aos dias dos irmãos Earp e os meninos podem ter ido à falência naquela época."

"Mal posso esperar para ver. Aposto que é incrível. Quantos quartos há lá em cima?"

"Apenas a sala de jogos e um banheiro. É o cômodo acima da garagem. Há dois quartos aqui, mas uso um como escritório. Tem uma cama dobrável vertical, se eu tiver companhia que precise de um lugar para ficar."

"Legal. Afasta os parentes aproveitadores se eles acreditarem que você só tem um quarto," Ivy riu, ainda observando os detalhes ornamentados das obras de arte nos cômodos.

Ivy conhecia suas antiguidades e Carl tinha milhares de dólares em decoração exibidos aqui. O cântaro e bacia de porcelana podiam parecer uma reprodução a um olho destreinado, mas a qualidade delicada, quase translúcida, dizia a Ivy que era de fabricação alemã verdadeira do século XVIII ou início do século XIX com alabastro moído misturado com a argila e queimado para dar uma excelente qualidade translúcida semelhante à do vidro. As cores ricas das cenas pintadas atestavam boas mãos em uma oficina de artesão de precisão.

"Onde você encontrou todas essas coisas, Carl? É incrível." O relógio de pêndulo repicou um gongo profundo e estrondoso da sala de estar. "Esse relógio deve ter custado uma pequena fortuna. Nunca vi um tão grande."

"O relógio veio de um leilão em Austin. Costumava ficar na assembleia estadual do Texas. Remonta ao início da República e veio da

Alemanha. Não custou tanto quanto aquele cântaro e bacia, se você pode acreditar nisso. Eu o consegui em um leilão na mansão Vanderbilt."

Ivy tocou a bacia delicada com reverência. "Posso acreditar nisso. É alemão também, certo?"

"Você *realmente* conhece suas antiguidades," Carl disse com uma sobrancelha erguida. "Você viu as miniaturas no banheiro?"

"Sim, são verdadeiras miniaturas francesas e não reproduções. Eu diria que do final do século XVIII."

"Você estaria correta. Elas vieram de uma casa no Garden District, em Nova Orleans. Eram de uma antiga família francesa que veio para cá depois da Revolução. Aquela na França, não aquela aqui."

"O relógio de porcelana ali veio do mesmo lugar?"

"Sim, eu queria mantê-los juntos. Você certamente *conhece* suas antiguidades."

"Eu tive uma casa cheia delas uma vez. Nenhuma tão cara quanto estas, mas fiz alguns estudos sobre o assunto para os meus livros." Ela sorriu. "Eu mantenho minha assinatura do *Country Living.*"

"Sei que você mantém. Você gostaria de se juntar a mim na cama? Não é antiga. Mandei fazer sob medida com um amigo meu soldador para caber no meu colchão king da Califórnia."

"Eles não faziam camas tão grandes naquela época. Poderia caber uma família de cinco ou seis em uma cama tão grande," Ivy riu e se jogou no colchão firme com pillow top. "É confortável." Ela tirou os sapatos e se jogou nos travesseiros novamente enquanto Carl se aproximava e apagava a luz. Ela tirou a calça, a camiseta regata e puxou a colcha e o lençol. "Junta-se a mim?" Ela provocou no brilho do abajur do banheiro.

3

Eles se levantaram cedo, tomaram um banho para limpar o resíduo de suor da relação sexual na noite anterior e se vestiram. O Lexus saiu da garagem pontualmente às cinco. Uma parada para café no primeiro drive-thru do McDonald's foi a única interrupção da manhã enquanto seguiam para o norte da rodovia I-17 saindo do Valley of the Sun em direção à I-40 em Flagstaff. Isso os levaria até Oklahoma City, onde mudariam para a rodovia I-44 Norte para Tulsa.

Seria um longo dia de viagem, mas com bom tempo e sem atrasos no trânsito, eles poderiam chegar facilmente antes da meia-noite.

"Não sei por que você simplesmente não pega um avião para essas coisas," Ivy disse enquanto o carro fazia a transição para a I-40 e o sol da manhã batia em seu rosto. Ela abaixou o visor para proteger os olhos do brilho ofuscante.

"Eu gosto da solidão de dirigir e você não consegue esse cenário de um avião." Ivy já tinha ouvido essas explicações antes. "Ter o carro me dá mais liberdade. Se eu voasse para Tulsa e depois decidisse que queria levar minha garota até Branson por alguns dias, eu estaria sem sorte." Ele olhou para ela e sorriu.

"Cheshire me mataria se eu o deixasse à doce mercê de minha irmã para uma viagem prolongada a Branson." Ivy deu-lhe uma risada nervosa. "Se você quisesse visitar a Bass Pro Shop, há uma em Mesa agora ou você é um fã secreto de Donnie e Marie?"

"Só estou dizendo que o carro me dá mais flexibilidade na minha programação. Gosto de explorar as possibilidades imobiliárias quando viajo e alugar carros é um pé no saco. Ter meu próprio carro é mais conveniente." Ele saiu da rodovia e entrou em uma parada de caminhões para encher o tanque. "Por que você não dá uma corrida e faz xixi enquanto eu abasteço. Não vamos parar de novo até chegarmos ao Novo México."

Ivy fez o que ele mandou e encontrou o banheiro feminino, andando pela loja, passando por corredores de obras de arte nativas falsas feitas na China. Ela parou no balcão ao sair e comprou mais dois cafés para eles.

Ela passou por Carl ao sair, e ele piscou para sua consideração. Ivy odiou colocar os copos no teto do automóvel caro, mas era a única opção que permitia que ela abrisse a porta e voltasse para seu assento. Ela transferiu os copos com líquido quente para os porta-copos e prendeu o cinto de segurança.

Já fazia um tempo desde que ela tinha feito uma viagem de carro e tinha que admitir que estava gostando. Ela nunca tinha viajado mais longe do que de seu apartamento para um restaurante ou um cinema com Carl e ela se sentia estranhamente nervosa em seu automóvel caro. Ela temia que eles ficassem sem tópicos para discussão e que ele a achasse chata, no final das contas.

Ivy teve um sobressalto quando a porta dele se abriu e Carl deslizou para o banco do motorista do veículo imaculado. Ainda tinha aquele cheiro de carro novo, embora Ivy soubesse que ele o comprou há quase dois anos. Ele fumava charutos no carro e ela se perguntava como ele o mantinha com um cheiro tão fresco.

"Obrigado pelo café, querida. Eu estava indo buscar um pouco mais para nós quando entrasse." Ele ligou o motor e o ar frio do ventilador atingiu Ivy no rosto. Eles realmente não precisavam do ar condicionado a essa altitude no início da manhã e a sensação do copo de café quente nas mãos de Ivy era boa.

"Você leu minha mente." Ele pegou seu copo, abriu o pequeno ponto de acesso na tampa e tomou um gole. “Lá vamos nós.” Ele recolocou o copo no suporte, engrenou o carro e voltou para a rodovia.

O alto deserto do Arizona, banhado pelo sol nascente, era lindo. Montanhas de potassa cobertas de zimbros verdes prateados compunham o cenário ao norte deles, e vastas extensões de campos cobertos de salva pontilhados com manadas de alces e antílopes estendiam-se ao sul. Cabanas navajos com antenas parabólicas e caminhonetes novas eram os únicos sinais de habitantes humanos estragando a beleza imaculada da paisagem do alto deserto.

Carl encontrou uma estação de notícias no rádio que falava monotonamente sobre as últimas disputas no Congresso ou terroristas no Oriente Médio. Ivy abstraiu-se do rádio para absorver a beleza da paisagem que passava e sonhar acordada com os dias em que homens e mulheres em carroças cobertas eram perseguidos por índios selvagens ou bandidos que atravessavam pela primeira vez o campo virgem.

Ela se perguntou como seria o interior de uma daquelas habitações octogonais nativas de toras. Ela sempre sonhou em viver em uma cabana remota, mas pensou que iria preferir uma nas montanhas a uma nas planícies sem árvores do deserto rochoso. Tratores e caminhonetes sucateados arruinavam o romance do Velho Oeste quando passavam pelas moradias dos nativos atuais e Ivy entristeceu-se ao ver isso.

As únicas coisas remotamente do Velho Oeste sobre os lugares eram a paliçadas ocasionais de cavalos com selas penduradas sobre os trilhos de madeira da cerca.

"Em que você está pensando tão intensamente aí?" Carl perguntou e mudou o rádio para uma estação de fácil escuta. "Você não disse uma palavra há mais de uma hora."

"Só estava apreciando a paisagem e deixando você ouvir as notícias." Ivy drenou o café frio do copo de isopor. "É tão lindo aqui."

"Sim, se não fosse pelo fato de que fica tão frio aqui no inverno e toda a terra é uma reserva, se desenvolveria como o vale." Ele abriu a janela e acendeu um charuto. "Você não se importa, não é?"

"Claro que não. É o seu carro." Ela se importava, mas como disse, era o carro dele e ela estava apenas acompanhando.

"Sei que a fumaça incomoda seus olhos e cavidades nasais."

"Está tudo bem, desde que você mantenha a janela aberta," Ivy disse de maneira tranquilizadora. "Que tipo de propriedade você está procurando em Tulsa? Moradia estudantil?"

"Oh, Deus, não," ele disse com uma careta. "Estou procurando lugares para alugar para professores convidados da universidade e pais que estão de visita. Moradia estudantil dá muito trabalho. Eles deixam os lugares uma bagunça ou sofrem batidas pela polícia por atividades ilegais, e eu não preciso desse tipo de besteira."

"Faz sentido. Então me fale sobre essa palestra que você vai dar."

Ele pigarreou. "É sobre a importância de estudar as vendas comparáveis em uma área de mercado para fazer o melhor negócio ao comprar ou vender uma propriedade." Ele deu uma longa tragada em seu charuto. "Você entende o que são composições?"

"Claro. É o nome da sua palestra 'Estudando Composições: Usando a sorte ou azar de outras pessoas no mercado para melhorar sua posição'?" Ivy perguntou, um pouco irritada por ele tê-la tomado por uma idiota.

"Essa é boa," ele riu. "Você entende de imóveis?"

"Já comprei e vendi algumas casas na minha vida, e tenho ouvido você falar sobre isso há quase um ano." Ivy abriu a bolsa e colocou uma bala de hortelã-pimenta na boca, constrangida pelo mau hálito após beber um copo de café.

"*Já* faz um ano, não é? Não percebi." Ivy não sabia se ele realmente se sentia mal por não ter registrado o tempo deles juntos ou se ele apenas queria que ela pensasse que ele se sentia mal.

Estou sendo injusta com ele? Estou sendo injusta comigo mesma? Se não posso confiar no que ele sente por mim, devo sequer considerar continuar um relacionamento? Estou sendo ridícula?

"Está tudo bem, Carl. Você tem muitas responsabilidades com as quais lidar." Ela esteve atenta para uma expressão de alívio em seu rosto. "Não espero que você acompanhe nossas idas e vindas."

"Mas é importante para *você*. Eu sei que é. As mulheres esperam que os homens apareçam com doces e flores nos aniversários." Ele exalou uma boca cheia de uma doce fumaça branca. "Desculpe-me, querida."

"Eu realmente pareço ser do tipo doces e flores para você?"

"Vinho e joias, então?"

"Sim, certo." Ivy revirou os olhos, deu-lhe um leve sorriso e franziu o nariz. "Nunca pedi mais do que seu tempo e sua honestidade. Doces me fariam engordar. Flores morrem. Vinho seria bom, mas não vou mais a lugar nenhum para usar joias. Seria um desperdício de dinheiro."

"Você é meu tipo de mulher, Ivy Chandler." Carl estendeu a mão para ela e apertou seu joelho. "Devíamos ter feito isso antes. É bom ter alguém com quem conversar."

"Tenho tentado lhe dizer isso. Sou uma excelente companhia e sou treinada para usar o penico."

Ele riu. "Você tem um novo projeto?" Ele perguntou, referindo-se à tentativa dela de seguir carreira como autora.

"Ainda estou trabalhando naquele épico

familiar do qual lhe falei. Terminei o esboço e os três primeiros capítulos do livro. Você sabe que tenho os dois primeiros concluídos. Tenho tentado apresentar o projeto para alguns agentes, mas você sabe como essa merda funciona." Ela deu de ombros em um desespero fingido. "Tenho cem e-mails de rejeição arquivados."

"Frustrante, não é?" Carl havia escrito dois livros sobre investimentos imobiliários que pagou para serem publicados por uma editora de auto publicação depois que não conseguiu encontrar uma editora ou agente tradicional para os projetos.

"Sim, é. Provavelmente publicarei por conta própria novamente ou usarei uma editora pequena. Gostaria de ter dinheiro para investir em um publicitário."

"Puxa. Você está falando sobre muito dinheiro aí, querida."

"Eu sei e é por isso que não tenho um." Ivy deu uma risada antes de voltar para a paisagem que passava do lado de fora da sua janela. "Acho que vi mais antílopes e alces nesta viagem do que nunca antes." Ela observou as caudas se contorcendo em vários traseiros brancos das criaturas graciosas paradas nas gramíneas altas enquanto passavam.

"Acho que eles mudaram as leis de caça nas reservas para conservar os animais." Um forte vento cruzado atingiu o Lexus e os nós dos dedos de Carl empalideceram no volante. "Os malditos ventos são sempre ruins por aqui." Ivy observou que o velocímetro começou a cair abaixo de setenta e cinco pela primeira vez desde que eles deixaram o ponto de parada de caminhão naquela manhã. Eles ouviram uma sirene e um policial estadual passou voando por eles à esquerda com suas luzes piscando.

"Deve ser um acidente à frente," Ivy disse e reajustou seu traseiro no assento enquanto verificava a segurança do cinto de segurança em seus seios.

"Não é incomum. Grandes tratores são apanhados por esses ventos cruzados e atravessam o tempo todo, ou idiotas em motorhomes que não estão acostumados a dirigir."

Quando se depararam com o acidente, era um grande motorhome tombado de lado na faixa da esquerda no canteiro central. A viatura e quatro carros civis haviam parado ao lado e ajudavam uma mulher de cabelos brancos e ensanguentados a sair pela porta aberta no centro do motorhome capotado. Ivy não viu nenhuma fumaça e se perguntou se a mulher estava dirigindo ou se outro passageiro permanecia lá dentro. Uma ambulância chegou vindo do leste e cruzou o canteiro central rochoso para estacionar perto do motorhome capotado.

"Eles vão ficar bem agora," Carl assegurou-lhe, mas manteve ambas as mãos firmes no volante e os olhos na estrada por vários quilômetros.

4

A viagem para Tulsa foi tranquila. Eles pararam para comer e reabastecer em Grants, Novo México. Ivy estava mais do que pronta para esticar as pernas e aliviar a bexiga. Ela também deu as boas-vindas ao sanduíche de peru tostado e batatas fritas no Denny's.

Eles não pararam novamente até Amarillo, Texas, onde abasteceram em um Love's e tomaram mais café. Ivy esperava que conseguisse dormir depois de tanta cafeína, mas quando eles pararam, ela não achou que isso seria um problema.

Eles passaram por Oklahoma City bem depois do trânsito da hora do rush, mas começaram a pegar áreas de chuva. Quando chegaram ao Tulsa Clarion, já era meia-noite e meia e eles estiveram dirigindo durante um aguaceiro ofuscante e foram varridos pelo vento por quase duas horas. Os nervos de ambos estavam em frangalhos. Ivy estava feliz por não ter sido ela a dirigir. Ela odiava dirigir depois de escurecer, mas a adição da chuva forte e vento teria sido impossível para ela. Carl cumpriu a tarefa de maneira estoica, mas ela tentou manter a conversa ao mínimo para evitar distraí-lo.

Eles pararam sob a entrada com dossel do excelente hotel e Carl colocou a marcha em ponto morto. "Bem, aqui estamos," ele suspirou aliviado. "Vou fazer o nosso check-in se você quiser esperar aqui."

"Parece bom para mim, mas provavelmente irei sair para me esticar um pouco. Estive sentada aqui com o cu na mão nas últimas duas horas. Preciso me levantar e caminhar um pouco."

"Bem, vou pegar as malas e então você pode entrar comigo." Ele parecia cansado e exasperado com ela.

Ivy abriu a porta e uma rajada de vento frio e úmido atingiu seu rosto. Raios brilharam e trovões retumbaram no céu noturno. O som da chuva forte caindo na calçada ao redor deles intensificou-se.

Ivy juntou-se a Carl na parte traseira do carro e pegou sua mala menor que estava sobre a maior ao lado da mala dele. Ele ergueu as duas malas maiores e puxou as alças extensíveis para atravessar o passeio coberto até o saguão silencioso e escuro do adorável hotel. Grandes vasos de plantas estavam diante de cada janela ao lado de móveis modernos do sudoeste. Cenas de faroeste com moldura ornamentada estavam penduradas nas paredes. O busto de bronze de um nativo estava sobre um pedestal entre os dois conjuntos de portas de elevador.

Ivy ficou surpresa quando as pessoas começaram a entrar no saguão vindas das escadas, a maioria sonolenta, como se tivesse acabado de ser acordada e vestido rapidamente roupas utilizadas na rua.

"Lamento incomodá-los, pessoal," um homem careca e corpulento, com uma jaqueta barata de poliéster marrom com um crachá de latão com a palavra Gerente gravada nele anunciou, "mas estamos sob um alerta de tornado e tenho que pedir a todos vocês para acompanharem Joanna de volta para a área da piscina até obtermos a liberação das autoridades." Ele apontou para uma jovem esguia de raízes indígenas americanas, vestindo uma jaqueta de poliéster combinando.

Carl avançou lentamente até o balcão, passando por clientes reclamando, para ser informado de que não era possível fazer o check-in porque os computadores estavam desligados por causa da tempestade. A moça do balcão disse-lhe para se juntar aos outros que se dirigiam a área da piscina e que ele poderia deixar o carro sob o toldo por enquanto.

Eles seguiram a multidão de homens, mulheres e crianças resmungando por um corredor até chegarem a um amplo conjunto de portas de metal que indicavam a piscina. Joanna abriu as portas e as prendeu com uma cunha. Ivy ouviu chuva e granizo bombardeando o teto de vidro que cobria a área da piscina e olhou para Carl sob o brilho dos flashes intermitentes dos raios.

"Por que eles nos trariam aqui durante um tornado?" Ivy ofegou, olhando para os painéis de vidro acima de suas cabeças e involuntariamente se abaixando a cada estalo alto dos trovões.

"Não sei, querida." Ele pegou a mão dela. "Deve ser organizado com o estado ou algo assim."

"Não parece tão seguro para mim," Ivy disse, olhando com cautela para os painéis acima de suas cabeças.

Outros levantavam com severidade as mesmas questões para sua jovem guia, Joanna, que parecia estar à beira das lágrimas. Ivy não sabia dizer se a garota tinha mais medo da tempestade ou da multidão de pessoas furiosas gritando com ela.

"Sinto muito, pessoal, mas essa é a área de segurança contra tempestades designada para o hotel. Precisamos ficar aqui até que o condado faça soar o alarme de que o perigo passou. Foi nos garantido que esses painéis de Plexiglas foram instalados em aço reforçado e são o lugar mais seguro para se estar durante uma tempestade. Esta sala resistiu às duas últimas grandes tempestades sem nenhum dano," ela disse em um tom tranquilizador.

Ivy olhou para cima quando granizo mais

pesado bombardeou os painéis e se aproximou de Carl quando uma gota d'água caiu em seu rosto. "O maldito teto está vazando," Ivy disse em voz alta, enxugando a gota de água fria da sua bochecha. Através das janelas de Plexiglas embaçadas ao redor do recinto da piscina, Ivy viu árvores sendo chicoteadas com violência e granizo do tamanho de bolas de golfe caindo e ricocheteando nos carros no estacionamento.

Algo grande atingiu um dos painéis acima de suas cabeças. Ivy ouviu um estalo distinto e logo viu e ouviu destroços caindo na água da piscina próxima. Carl puxou-a para o vaso próximo à parede de pedra enquanto mulheres e crianças gritavam e corriam para as portas e saíam para o corredor.

Ivy observou homens adultos pisarem em crianças caídas em sua pressa de sair da área da piscina, onde outros painéis começaram a cair em uma sequência em cascata, um após o outro, no chão de concreto da sala supostamente segura. Pedras de granizo, chuva e clientes do hotel caíram na piscina e sobre a mobília de metal do pátio.

Carl puxou-a para uma posição agachada entre as bananeiras e aves-do-paraíso plantadas ao longo da parede de lajotas decorativas. Ele a envolveu, protegendo-a dos estilhaços de Plexiglas e dos braços agitados das pessoas que passavam correndo, gritando e praguejando.

Carl só saiu do lado dela uma única vez para

puxar uma Joanna atordoada e ensanguentada, que abraçava uma garotinha aos prantos, do chão para o vaso ao lado deles.

"Fiquem aqui conosco, garotas e permaneçam perto da parede com as cabeças cobertas." Ele tirou o suéter e envolveu-o ao redor da criança que tremia e soluçava nos braços de Joanna. Segundos depois, um painel caiu no chão onde as duas estiveram abraçadas, estilhaçando-se em milhares de pedaços irregulares. Ivy se encolheu quando alguns cacos voaram para o esconderijo deles.

Ivy pulava toda vez que um painel caia no chão. "Aposto que esta será a *última* vez que você *me* convida para uma viagem," Ivy sussurrou no ouvido de Carl enquanto ele a abraçava entre a folhagem surrada e gotejante.

"Besteira," ele disse e engoliu em seco, estreitando seu abraço. "Se eu tivesse parado quando você queria, uma hora atrás, teríamos perdido isso. Eu deveria ter ouvido você."

A tempestade diminuiu alguns minutos depois de Carl ter puxado Joanna e a criança para o vaso. Eles saíram para uma massa de carnificina e destruição. Joanna entregou a criança que chorava à Ivy enquanto ela e Carl ajudavam as pessoas na área da piscina. No brilho das luzes de emergência, Ivy podia ver o sangue acumulado no concreto texturizado abarrotado com Plexiglas estilhaçado. Homens e mulheres estavam sentados balançando crianças chorando e uns aos outros.

Os gritos e lamentos dos humanos deram lugar aos das sirenes dos veículos de emergência, e logo homens com as jaquetas de lona dourada dos bombeiros cuidavam dos feridos. Joanna levou Carl e Ivy até a recepção, onde encontrou os cartões-chave de um quarto.

"Vocês terão que subir as escadas porque os elevadores estão desligados, mas eu os coloquei em um quarto no segundo andar."

Carl pegou sua carteira. "Quanto lhe devemos, senhorita?"

Joanna franziu os lábios. "Você não deve nada, senhor. Eu cuidarei disso. Se aquele meu gerente idiota disser alguma coisa, com certeza vou arrebentar suas bolas." Ela pegou a mão de Carl. "Obrigada, senhor. Se não fosse por você, eu e aquele garota estaríamos perdidas."

"Como está a garotinha?" Carl perguntou enquanto acariciava a mão trêmula de Joanna.

"Eles a levaram para o hospital com um braço quebrado. Finalmente encontraram os pais dela escondidos na câmara frigorífica da cozinha com o gerente e alguns outros." Ela bufou e franziu a testa de pele escura. "Um bando de verdadeiros heróis ali."

"Você foi a heroína aqui hoje à noite, Joanna. Você ficou com seus hóspedes quando todos fugiram e se esconderam. Vou me certificar de que os escritórios corporativos também saibam sobre isso, eu lhe prometo. A propósito, seu gerente não receberá apoio," Carl assegurou à jovem.

"De mim também," Ivy acrescentou.

Antes de subirem as escadas para o quarto, Carl saiu para dar uma olhada em seu carro. Estava tudo bem, mas estacionado ao lado dele havia um furgão de notícias de uma afiliada local. Ele aproveitou a oportunidade para notificar o repórter que estava no furgão sobre o que havia acontecido e, ao passarem de volta pelo saguão, Ivy viu Joanna sendo entrevistada enquanto os paramédicos enfaixavam sua cabeça machucada. Carl deu-lhe uma piscadela maliciosa e um sorriso enquanto passavam.

"Foi muito gentil da sua parte, Carl," Ivy disse enquanto labutava com sua mala pesada e úmida escada acima.

"A garota merecia uma folga depois de toda a besteira que ela ouviu das pessoas ao redor da piscina enquanto seu chefe idiota se escondia em uma maldita câmara frigorífica."

"Certo, ele vai para uma caixa de metal reforçada enquanto manda aquela garota e nós para uma sala de vidro com vazamento. Ele deveria ser enviado para a cadeia." Ivy ficou parada enquanto Carl abria a porta de uma sala que resultou ser uma suíte elegante com um bar completamente abastecido e uma grande cesta de frutas na mesa de centro.

"Uau," Ivy exclamou enquanto as luzes comuns

piscavam de volta. “Isso devia estar destinado a um dos VIPs da conferência.”

“Como você sabe que *não* sou um dos VIPs?” Ele riu e escolheu uma garrafa de vinho tinto suave para abrir. “Você quer uma bebida antes de dormir?”

Ivy se jogou em uma das cadeiras estofadas. “Pode apostar que sim,” ela suspirou. “Pode apostar que sim.”

5

A Conferência Anual de Corretores de Imóveis de Tulsa teve que ser cancelada por causa dos danos causados pela tempestade na cidade de Tulsa. Nenhum outro hotel pode ser encontrado para o qual transferir o evento. Carl e Ivy desfrutaram de sua adorável suíte até a manhã seguinte, quando o serviço de limpeza chegou e interrompeu o banho deles. Eles empacotaram a cesta de frutas de cortesia, uma caixa de chocolates suíços e roupões atoalhados. Eles deixaram o cartão-chave com o serviço de limpeza e pegaram os elevadores reabertos para o saguão.

O Lexus ainda estava estacionado sob o toldo e Ivy teve que admitir que estava feliz por estar de volta ao interior do carro robusto. Carl colocou as malas na parte de trás e juntou-se a ela com um sorriso. Ele ficou muito feliz pelo veículo ter sido poupado dos danos pelo granizo, observando os muitos buracos profundos nos veículos no estacionamento enquanto afivelavam os cintos de segurança.

"Que tal parece jantar em Branson, querida?"

"Parece ótimo, desde que fiquemos em algum lugar sem piscina coberta," Ivy disse com um sorriso.

"Com certeza, mas eu preciso de um pouco de café. E você?"

"Você acha que há uma Waffle House por perto?" Ivy odiava revelar suas raízes caipiras assim, mas ela estava com fome, e um waffle de nozes e hambúrgueres de linguiça soava bem.

Carl pegou seu telefone e digitou. "Subindo a rua se a tempestade não o derrubou." Ele ligou o carro e arrancou para a rua lamacenta.

Ivy viu sinais por toda parte da tempestade de ontem à noite. Granizo havia marcado os carros nas entradas das garagens com buracos, pessoas haviam fechado as janelas quebradas com tábuas de madeira compensada e chapas de metal dobradas que foram arrancadas dos telhados entulhavam o chão ao longo das ruas.

Ivy realmente não tinha vontade de ver, mas Carl dirigiu ao redor do Clarion até onde ficava a estrutura assombrada sobre a piscina. Eles não puderam se aproximar muito porque os galhos caídos das árvores bloqueavam a entrada. O zumbido das motosserras enchia o ar enquanto as equipes do condado tentavam limpar o caminho.

Para o prazer absoluto de Ivy, a Waffle House permaneceu intacta e aberta para negócios. Funcionando 24 horas, a equipe, de plantão desde a noite anterior, parecia abatida, mas mesmo assim os recebeu com sorrisos quando eles entraram.

"Sentem-se onde quiserem," uma mulher magra e mais velha, com raízes brancas atestando seu cabelo tingido de preto lhes disse. "Vocês estavam aqui durante a tempestade de ontem à noite?"

"Sim, senhora, no Clarion," Carl disse enquanto se sentavam em uma cabine que estava sendo limpa por um jovem atarracado com uma camisa da Waffle House.

Ela olhou para Carl um pouco mais de perto. "Acho que vi você no Canal 6 esta manhã. Você estava naquele solário que caiu ao redor da piscina?"

Ele pegou a mão de Ivy. "Sim, nós estávamos. Não sobrou muita coisa agora, infelizmente."

"Ouvi dizer que um monte de gente se machucou."

"Alguns cortes e ossos quebrados."

"O noticiário fez parecer que aquela garotinha do escritório foi uma verdadeira heroína," o jovem disse enquanto lhes servia café e lhes entregava cardápios de folha única com fotos coloridas de bifes, waffles e sanduíches impressos neles.

"Isso ela foi," Ivy disse com entusiasmo. "*Ela* nos levou para a área da piscina quando o gerente mandou e ficou lá conosco quando o telhado começou a cair, enquanto o gerente se escondia na câmara frigorífica da cozinha."

Ivy percebeu que as outras pessoas no restaurante lotado a observavam enquanto ela falava. "Aquela garota protegeu crianças com seu próprio corpinho enquanto o telhado cedia e aquele idiota gordo se escondia em uma câmara frigorífica."

As pessoas ao redor deles balançaram a cabeça com repulsa. "Ela deveria receber uma medalha da cidade por sua bravura e a empresa também deveria recompensá-la. Carl e eu certamente vamos escrever cartas." Ivy viu cabeças assentindo em concordância.

"Joanna Kingfisher é sobrinha do meu falecido marido e membro de nossa tribo," a velha garçonete anunciou com orgulho. "O conselho tribal certamente fará com que ela receba o reconhecimento que merece."

Ivy tirou um cartão de visita da sua carteira e o entregou à mulher. "Se você anotar para quem devemos escrever, ficaremos felizes em fornecer um testemunho em primeira mão sobre a bravura e o heroísmo da garota."

A mulher pegou o cartão de Ivy com seus dedos parecidos com garras e o leu. Ela virou o cartão e rabiscou algo. "Envie suas cartas para este homem.

Ele é nosso presidente tribal. Diz aqui que você é uma escritora de livros? Você escreva algo bom sobre nossa Joanna e faça com que soe bom."

"Prometemos que o faremos." Ivy sorriu e colocou o cartão de volta em sua carteira. "Eu adoraria um waffle de nozes, dois ovos mexidos com queijo e dois hambúrgueres de linguiça."

"Eu quero o mesmo," Carl disse.

O excelente café da manhã continuou a ser interrompido por pessoas que queriam ouvir toda a história sobre sua noite durante a tempestade. Carl e Ivy exageraram, esperando que o gerente branco, gordo e covarde do hotel tivesse que suportar o impacto das fofocas maliciosas. Ao mesmo tempo, eles acreditavam que a jovem nativa americana devesse ser reconhecida como a heroína da noite terrível.

De acordo com um cliente, a garotinha que Joanna resgatou permanecia no hospital se recuperando do braço quebrado e das sequelas do choque. O serviço social também estava investigando seus pais por fugirem e abandoná-la.

Ela e Carl acharam essa notícia agradável. Como dois adultos puderam fugir e deixar sua filha inocente de sete anos do jeito que eles fizeram? Como mãe e avó, Ivy não conseguia entender. Se tivesse perdido o controle de sua filha naquela confusão, certamente não teria continuado sem ela.

De volta ao carro com o café em copos para viagem, eles seguiram para a rodovia, passando por ruas cheias de lixo, por equipes de trabalho em macacões laranja brilhante e contornando cabos de alta tensão caídos. Enquanto dirigiam para o norte em direção às colinas do Missouri, os sinais dos danos da tempestade desapareceram.

Ivy se deleitava com o verde enjoativo ao seu redor. A névoa pairava nas depressões entre as montanhas Ozark, dando ao lugar uma sensação etérea. As Ozarks eram um dos lugares favoritos de Ivy no estado e ela sempre gostou de dirigir pela área quando ia para o leste para visitar a família e amigos. Ela olhava pela janela absorvendo o verde exuberante.

"Em que você está pensando, querida?" Carl abriu a janela e acendeu um charuto. "Você ainda está assustada com a noite passada?"

"Não, estou apenas apreciando as árvores. É tão incrivelmente bonito aqui com todo o verde ao nosso redor." Ivy pegou seu copo de café, mas o devolveu ao suporte quando percebeu que estava quase vazio. "Vamos abastecer em breve? Preciso urinar e mais um café," ela disse enquanto sorria e balançava o copo vazio.

"É bonito. Faz-me lembrar de casa." Carl tinha vindo de Wisconsin, enquanto Ivy crescera no sul de Indiana. Ela sorriu quando John Mellencamp surgiu no rádio. Ao contrário dos outros Hoosiers — como eram conhecidos os moradores do estado de Indiana —, Ivy nunca foi uma fã e já havia sido criticada por causa disso no passado.

"Podemos não ouvir 'Pink Houses'?" Ela perguntou e ele mudou o canal para a estação de notícias onde o locutor falava monotonamente sobre os danos causados pela tempestade em Oklahoma durante a noite.

"Isso não é muito melhor," ele riu e encontrou um canal de rock clássico tocando 'Free Bird' de Lynyrd Skynyrd. "Lá vamos nós."

Passava um pouco das duas quando eles chegaram a Branson, Missouri, onde a rua principal fervilhava com homens, mulheres e crianças com roupas de verão e chinelos de dedo. Eles andavam em bando para as muitas armadilhas para turistas ao longo da rua.

Carl parou em um hotel Howard Johnson's e eles entraram para fazer o check-in. O prédio era velho. Ivy suspeitava que ele tivesse sido construído inicialmente no início dos anos 70, quando Branson amadureceu como destino turístico no meio-oeste. Enquanto Carl fazia o check-in, Ivy examinava os folhetos que anunciavam eventos musicais em vários teatros e excursões de barco no Lago de Ozarks, a grande atração original da cidade. As salas de concertos surgiram como uma atração para os pescadores incluírem suas esposas e filhos em suas visitas ao lago ou ao rio Corrente.

"Eles tiveram que nos colocar no terceiro andar," Carl resmungou. "O lugar está praticamente lotado."

"Temporada turística," Ivy repreendeu.

"Provavelmente você deveria ter ligado antes e feito reservas."

"Provavelmente você está certa. Você deveria ser minha coordenadora de viagens." Ele riu e pegou a mão de Ivy quando entraram no elevador que os levou lentamente até o último andar. O tapete cheirava a mofo com a fumaça do tabaco estagnada. Ivy notou como o quarto parecia antiquado com o papel de parede lilás e azul popular em meados dos anos 80, as cortinas combinadas na janela e as colchas nas duas camas queen-size. Molduras estreitas de latão cercavam estampas de íris e lilases, confirmando a data de Ivy para a decoração.

"Seria de se pensar que eles atualizariam esses quartos mais do que a cada quarenta anos," Carl reclamou enquanto pegava o balde plástico quadrado de gelo e se dirigia para a porta. "Vou pegar um pouco de gelo. Você quer uma Coca da máquina?"

"Claro, mas prefiro um refrigerante gaseificado ou algo frutado. Estou sobrecarregada de cafeína."

"Ok, eu te entendo."

Ele saiu e Ivy começou a sacudir suas roupas para pendurá-las na prateleira ao lado da porta. Ela as sacudiu bem antes de pendurá-las pois tinham ficado úmidas na tempestade de ontem à noite. Ela esperava que não cheirassem a mofo após ficarem presas na mala úmida durante a noite e a maior parte do dia.

Carl voltou com o recipiente plástico cheio de gelo e duas latas de Orange Crush. "Obrigada, querido." Ela pegou uma das latas de refrigerante, abriu e tomou um gole. "É melhor você tirar suas coisas das malas. As minhas estão um pouco úmidas."

"Bom Deus," ele suspirou, "Nunca pensei nisso." Ele abriu o zíper da mala e começou a folhear suas roupas cuidadosamente dobradas. "As minhas estão secas," ele disse aliviado.

"Minhas malas são uma merda barata," ela disse, envergonhada, e pendurou a última saia. "Essas roupas ficarão ótimas em uma ou duas horas com o ventilador de teto ligado."

6

Eles passaram uma tarde preguiçosa assistindo à televisão e fazendo amor. Carl pediu uma pizza no Papa John's local e pegou mais refrigerantes da máquina no corredor.

"Você quer ir a um show hoje à noite?" Ele perguntou enquanto terminavam a torta. "Acho que vi Donnie e Marie em uma das marquises." Carl riu quando viu Ivy fazer uma careta. "The Oak Ridge Boys, então?"

"Está tudo bem. Estou gostando de passar uma noite tranquila depois de toda a condução e a emoção da noite passada." Ivy engoliu o resto de seu refrigerante. "Vamos ficar no hotel esta noite e começar do zero pela manhã." Ela o viu folhear uma revista imobiliária local que ele pegou no saguão. "Você planeja misturar negócios com prazer?"

"Notei alguns condomínios e propriedades de férias listados aqui que pensei que poderíamos dar uma olhada enquanto estamos aqui. Você está interessada em entrar no jogo imobiliário?"

Ivy deu uma risada baixinha. "Com o quê? Minha beleza estonteante e charme espirituoso? Não acho que conseguiria um financiamento com isso." Ela riu, deixou o roupão cair dos ombros e caminhou pelo quarto até o banheiro, onde ligou a água quente do chuveiro.

"Vou ficar de molho um pouco. Estou sentindo dor por toda parte." Ivy entrou na banheira de porcelana branca e deixou a água quente encharcar seu cabelo e corpo dolorido. Ela pegou o frasco de xampu e ensaboou suas ondas morenas. A água quente era maravilhosa. Ela enxaguou a espuma do cabelo e acrescentou um condicionador. Enquanto deixava o condicionador agir, Ivy ensaboou seu corpo, cuidando de todas as suas fendas até que ela se sentiu limpa e revigorada. Ela colocou a cabeça novamente sob o jato e enxaguou o condicionador cremoso até que seus dedos deslizaram sem problemas pelo cabelo na altura dos ombros.

Quando ela estava prestes a desligar o chuveiro, mãos abriram a cortina de plástico e Carl se juntou a ela. "Você está limpa agora, querida? Pronta para se sujar de novo?" Ele a mordeu de brincadeira no ombro exposto e estendeu a mão para um seio. Carl puxou a mão dela para descansar em sua ereção firme. "Estou pronto de novo."

"Você é um tarado." Ela riu e apertou sua ereção rígida. "Tem certeza de que está pronto para outra rodada hoje?"

"Estou, se você estiver. Você me mantém acordado, querida." Ele cutucou seu bumbum com o pênis duro e ela apoiou-se nele, a água caindo sobre eles, começando a esfriar.

Carl passou as mãos por seu corpo molhado, massageando suas costas e ombros doloridos. "Isso é tão bom," ela murmurou.

"Tenho algo que será ainda melhor." Ele riu e cutucou o bumbum dela com sua ereção. Ela revirou os olhos, sabendo o que ele tinha em mente para ela. Ivy apoiou-se com ambos os braços na parede abaixo do bocal do chuveiro enquanto Carl esfregava a cabeça da ereção na fenda entre as nádegas dela, procurando o ponto de entrada ali. Não era a posição favorita de Ivy, mas ela sabia o quanto ele gostava disso e o atendeu.

"Você sabe do que eu gosto, querida," ele sussurrou em seu ouvido sob a água corrente do chuveiro. Suas mãos massagearam as nádegas de seu bumbum bem torneado, afastando-as lentamente e avançando devagar para posicionar o pênis sobre seu ânus apertado. "Relaxe agora, querida e me deixe entrar," ele sussurrou em seu ouvido.

Ela estremeceu quando ele entrou, mas gemeu muito baixinho para fazê-lo pensar que ela gostava de suas atenções ali.

"Tudo bem, querida? Irei parar se estiver doendo," ele sussurrou, mas continuou empurrando para dentro dela. Ivy sabia que independentemente das suas palavras calmas, Carl não teria parado se ela tivesse dito que estava doendo. Uma vez que ele conseguia entrar em seu orifício favorito, não havia como pará-lo.

"Vá em frente, querido," ela disse, empurrando de volta em sua estocada. "Dê-me do jeito que você gosta."

"Oh, querida, você é boa demais para mim." Ele empurrou para dentro dela até que Ivy pôde sentir suas bolas pesadas quicando em suas nádegas molhadas com cada estocada ardente. Ela mordeu os lábios de dor enquanto ele dilatava o orifício, mas permitiu que ele terminasse e tivesse seu prazer. Nunca demorava muito assim, e Ivy gostava de ouvir seus gemidos de prazer em seu ouvido. "Oh Deus, querida, aí vem." Ele gritou e empurrou fundo uma última vez com seu orgasmo.

As mãos dele escorregaram de suas nádegas enquanto a ereção murcha escorregava de seu abraço anal. Ele descansou a cabeça, ofegando, sobre o ombro dela. "Preciso entrar na água agora, querida." A água havia esfriado e Carl deixou o jato frio lavar seu corpo suado e cabelos brancos brilhantes. "Você me trata como nenhuma outra mulher já me tratou, Ivy Chandler. Você é incrível."

Ivy revirou os olhos com suas palavras vazias. "Obrigada, querido." Ela usou uma toalhinha com sabão para limpá-lo delicadamente de sua fenda sensível e, em seguida, saiu da banheira para secar o corpo com uma das toalhas frágeis do motel. Ela envolveu a cabeça em outra e moveu uma toalha seca dobrada da prateleira para Carl agarrar rapidamente ao sair do chuveiro. Ela saiu do ladrilho frio do banheiro e encolheu-se quando seu pé descalço pisou no velho tapete rígido e de fibras curtas do quarto. O lugar precisava de uma reforma séria.

Ivy o ouviu desligar o chuveiro e a cortina de plástico foi empurrada para o lado. Poucos minutos depois, a descarga foi acionada e Carl juntou-se a ela na cama em frente à televisão zumbindo com um antigo faroeste macarrônico de Clint Eastwood.

"Isso foi incrível, querida." Ele caiu sobre os travesseiros empilhados na frente da cabeceira da cama aparafusada na parede acima do colchão. "Faremos isso com mais frequência."

"Você promete?" Ivy perguntou, esperançosa.

"Prometo." Ele se inclinou e beijou sua boca. "Acho que vou cochilar um pouco agora." Ele se aconchegou em seu ombro, e logo, Ivy ouviu seus roncos suaves e regulares.

Ele promete, mas eu não vou criar falsas expectativas. Depois de ontem à noite, aposto que esta é uma viagem única.

Ivy pegou a revista imobiliária descartada que Carl estivera lendo antes do banho. Ela deu uma espiada nos diferentes anúncios que ele havia circulado. Um estava listado como um retiro de caça em doze acres privados parcialmente arborizados por quatrocentos mil dólares; outro era uma cabana de toras de dois andares em cinco acres ao lado da propriedade do Serviço Florestal que prometia peru ilimitado por duzentos e cinquenta mil.

O que despertou o interesse de Ivy foi uma cabana térrea de toras, de dois quartos, em dois acres com uma lareira em funcionamento por cento e setenta e cinco mil. A cabana ficava em uma clareira pitoresca com um perdigueiro irlandês no jardim verde bem cuidado. Ivy tinha certeza de que o cachorro não estava incluído no preço e sorriu. Ela também viu alguns condomínios marcados no lago.

Parece que ele tem um grande dia planejado para nós amanhã.

Da mesa de cabeceira aparafusada à parede, Ivy pegou seu laptop. Ela o inicializou e verificou seu e-mail. Ela revirou os olhos quando viu mais de noventa e nove marcados para a sua caixa de entrada. A maioria seria lixo, mas ela precisava verificar porque esperava notícias do editor para a primeira rodada de edições do seu último romance. Ficção histórica era a paixão de Ivy, mas a erótica que havia publicado através de uma pequena editora na verdade pagava um pouco.

Ivy odiava essa parte do processo. Os editores sempre queriam que ela mudasse as coisas. Às vezes, as mudanças faziam sentido, mas outras vezes eram mudanças idiotas como a cor do cabelo ou dos olhos de um personagem. Mudanças de continuidade faziam sentido, mas por que mudar o fato do personagem ter vindo de ancestralidade irlandesa para norueguesa? Retirar esta ou aquela palavra porque um leitor pode considerá-la ofensiva. Ela havia escrito para *ser* ofensivo porque a situação ou período de tempo assim exigia. Ivy tendia a fazer as mudanças sem muito estardalhaço, mas reclamava e resmungava sobre isso em particular.

Ivy examinou a lista de correspondência. Não havia nada de seu editor, mas havia uma mensagem de um agente que ela havia consultado. Outra rejeição, sem dúvida. Ela abriu o e-mail com receio.

Prezada Sra. Chandler,

Obrigado pelo seu interesse em nossa agência. Embora raramente representemos seu gênero, consideramos suas primeiras páginas e sua sinopse intrigantes. Por favor, encaminhe-nos os três primeiros capítulos de seu manuscrito para nova revisão.

A Agência Strider

Bem, isso foi encorajador. Ivy ainda não tinha ido tão longe com uma agência literária antes. Ela tinha uma pasta inteira cheia de cartas cordiais de rejeição para provar. Cortando e colando apressadamente os três primeiros capítulos do primeiro livro de sua série em um e-mail, Ivy respondeu com um agradecimento pela consideração gentil da agência por seu trabalho. Num impulso, ela voltou e acrescentou os três primeiros capítulos do segundo livro também. Não faria mal. Então ela foi para seu blog e repassou a boa notícia para seus poucos seguidores.

Ela achou lamentável, mas a autopromoção descarada era uma grande parte do jogo da produção literária nos dias de hoje. Ivy muitas vezes se perguntava se Charles Dickens e Mark Twain haviam lidado com os mesmos problemas. Pelo menos ela tinha internet.

Carl dormiu por uma hora enquanto ela revisava seu e-mail, lendo blogs que ela seguia, mas na maior parte, deletando spam de pessoas que tentavam vender suas promoções na Internet. Ivy gostaria de poder tirar proveito de mais delas, mas cinquenta dólares aqui e cinquenta dólares ali se somavam rapidamente. Ela tinha algumas promoções mensais que usava, bem como a manutenção do site, mas era o máximo que ela podia pagar no momento.

A maioria dos escritores entra nisso acreditando que vai escrever o Grande Romance Americano, ser descoberto e começar a acumular grandes cheques de royalties. Na verdade, isso raramente acontecia assim. Autores de primeira viagem raramente viam muito dinheiro. Ivy sabia que teria de beijar muitos sapos antes de encontrar um príncipe, se realmente houvesse algum príncipe por aí.

Ela adorava escrever, e isso ocupava suas horas melancólicas em casa. Ela tinha histórias para contar e continuaria assim enquanto seus dedos continuassem a trabalhar, ou até que sua mente falhasse.

Na mente de Ivy, ficar rica e famosa não era tão importante para ela quanto tornar seu trabalho popular entre os leitores. Como a maioria dos autores inexperientes, Ivy fantasiava que seus livros se tornariam longas-metragens algum dia, mas tendia a ser realista e sabia que muito provavelmente isso era uma fantasia.

Carl despertou ao lado dela. "Você está escrevendo, querida?" Ele se espreguiçou e bocejou. "Você está escrevendo sobre minhas incríveis proezas sexuais?"

"Apenas respondendo alguns e-mails."

"Alguma boa notícia?" Ele jogou as pernas nuas para fora da cama, levantou-se e foi até o banheiro.

"Recebi um e-mail de uma daquelas agências literárias que consultei em Nova York. Eles queriam ver os três primeiros capítulos." Ivy desligou e fechou seu laptop.

"Isso é ótimo, querida," ele disse por cima da descarga do vaso sanitário. "Talvez você esteja a caminho de poder me apoiar no estilo com o qual eu poderia me acostumar." Ele riu e voltou para a cama. "O que você vai fazer?"

"Enviei-lhes os três primeiros capítulos de ambos os manuscritos. Mas não vou criar falsas esperanças."

"Não seja assim, querida." Ele inclinou-se e deu um beijinho na sua bochecha. "Você está esperando exatamente por esse tipo de oportunidade desde que eu a conheço. Seja positiva." Ele rolou e puxou o cobertor leve sobre os ombros para se acomodar para dormir.

7

Carl realmente tinha um grande dia planejado para eles. Depois de um farto café da manhã no restaurante do hotel, eles embarcaram no Lexus e começaram a dirigir por todo o campo arborizado. Eles se encontraram com dois corretores de imóveis diferentes que lhes mostraram várias propriedades.

Um condomínio no lago com um cais particular impressionou Carl. Ivy não ficou tão impressionada. Sua decoração era ultramoderna e revirou seu estômago campestre. A arte nas paredes parecia ter sido feita em uma pré-escola, e Ivy pensou que a escultura abstrata de metal teria recebido uma nota de reprovação em qualquer aula de soldagem.

Carl tentou parecer indiferente, mas Ivy percebeu que ele estava muito impressionado com a bela vista dos barcos no lago e das montanhas verdes ao redor.

"Bela vista," Ivy disse enquanto pegava a mão dele na janela ampla com vista para um conjunto de lanchas puxando esquiadores aquáticos. "Barulhento, mas agradável."

O corretor de imóveis os entreteve com as oportunidades que o cais privado abaixo oferecia e com o quanto eles gostariam de visitar este lugar enquanto outros sofriam com os verões quentes no Arizona.

Ivy se afastou para dar uma olhada na cozinha minúscula mais uma vez e perguntou se poderia usar o banheiro. O corretor de imóveis pesado e careca disse que sim, e ela entrou no banheiro social ainda menor. Quando saiu, ela fez questão de ficar ao lado da porta para que Carl soubesse que ela já tinha visto o suficiente.

Eles foram para outro condomínio no qual Ivy viu mais potencial, mas pelo qual ainda não ficou impressionada. Depois dos condomínios, eles viajaram por algumas estradas de asfalto estreitas para darem uma olhada em propriedades de caça e cabanas. Eventualmente, eles dirigiram até a pequena cabana de toras que havia sido retratada com o cachorro no gramado verde.

O gramado estava coberto de mato agora e não havia nenhum cachorro. Ivy achou o cenário bastante pitoresco com os carvalhos, bordos e liquidâmbar altos, salpicados com cornisos e cercis menores entre os troncos das árvores maiores. Ivy podia imaginar a beleza durante a primavera, quando as árvores mais baixas estariam em plena floração. Atrás da cabana, Ivy podia ver uma área cercada onde alguém outrora manteve uma horta e uma pequena estufa envidraçada para mudas de plantas.

Um caminho de lajotas conduzia da entrada de cascalho à varanda verde com telhado de zinco, que contornava toda a cabana. Um balanço de madeira suspenso por correntes de cachorro enferrujadas estava pendurado na extremidade mais distante da varanda extensa.

"É encantador," Ivy sussurrou para Carl enquanto ele a ajudava a subir os degraus de madeira.

"Eu sabia que você gostaria desta," ele sussurrou de volta e esfregou suavemente a parte inferior de suas costas enquanto ela se virava e olhava de relance para o campo verde além da cabana.

O encanto continuou no interior com uma substancial lareira de pedra de rio, tábuas de pinho envelhecidas no chão, uma pia funda de fazenda de cerâmica e um fogão antigo reequipado na cozinha espaçosa. Ivy pensou que tinha sido transportada cem anos para a herdade de um pioneiro do século XIX. Ela se apaixonou pela cabana rústica à primeira vista.

Menos impressionado, Carl perguntou sobre

encanamento, fiação, serviços de emergência e códigos de zoneamento. Ivy pensou que ele estava procurando uma desculpa para não ficar impressionado. Ivy, no entanto, não conseguiu encontrar nenhuma.

O corretor de imóveis tentou algumas táticas de pressão quando pensou que eles poderiam ser compradores, dizendo-lhes que tinha duas outras ofertas pela propriedade. Carl ignorou este estratagema e continuou até a despensa, onde uma lavadora e uma secadora ficavam ao lado de uma velha tina galvanizada concebida como uma pia funda para a pré-lavagem. Um varal com pregadores de madeira ainda presos a ele balançava na brisa leve além da porta dos fundos.

"Por quanto está listado?" Carl perguntou quando eles voltaram para a varanda. Uma caminhonete vinha balançando estrada acima. O motorista buzinou e acenou ao passar.

"Cento e setenta e cinco," o corretor respondeu, "mas creio que eles já têm ofertas até de duzentos e vinte e cinco. É uma boa propriedade para alugar no verão, especialmente se você a equipar com beliches nos dois quartos e um sofá-cama na sala de estar. Uma pessoa poderia organizá-la para alugar para até seis ou oito pessoas."

"Não com apenas um banheiro," Carl resmungou.

"Outro banho poderia ser acrescentando

facilmente no lado de fora do segundo quarto." O corretor deu de ombros.

"Usa um poço e uma fossa séptica ou os serviços públicos da cidade?" Ivy perguntou.

"Um bom poço de água fresca que perfura direto o aquífero local e uma fossa séptica que é bombeada regularmente. A casa tem apenas vinte anos."

"Hmm." Ivy assentiu e sentou-se no balanço da varanda. "A que distância fica do rio? Algum problema de inundação na área? Notei algumas áreas desbotadas ao longo da estrada enquanto estávamos vindo."

O corretor deu-lhe um olhar estranho, mas apontou para o sul. "Inunda um pouco naquela direção na primavera, mas nunca tão longe e se inundar, as estradas geralmente ficam livres para passar em questão de algumas horas."

O corretor pigarreou e tentou mudar de assunto. "O rio que todos usam para tubulações passa a cinco quilômetros daqui. É por isso que este lugar seria perfeito para publicidade em revistas de esportes e de férias. É perto da estação de tubulação do rio e do lago."

"Então não há problemas com o escoamento de pesticidas para o aquífero? Vejo muitos campos de feijão por aqui," Ivy insistiu.

"Não, senhora, a maioria dos agricultores usa a semente transgênica agora e não precisa usar pesticidas."

Ivy se levantou e juntou-se a Carl, caminhando em direção ao carro. Ela pegou sua mão e ele a apertou calorosamente, dando-lhe uma piscadela e um sorriso agradecido.

"Obrigado pelo seu tempo," Carl disse. "Tenho seu cartão e entraremos em contato." Eles entraram no carro e deixaram o corretor parado na grama que alcançava a altura do joelho, parecendo insatisfeito.

"Ele acreditava que tinha uma venda." Carl sorriu com malícia. "Aquelas foram algumas perguntas boas sobre as águas subterrâneas e as inundações. Realmente o deixou fora de forma."

"Ele não esperava perguntas educadas de uma mulher tola, eu imagino." Ivy riu enquanto afivelava o cinto de segurança. "Típico idiota chauvinista."

"Sim, exatamente." Carl olhou de relance para ela, mas Ivy pensou ter visto uma centelha de respeito recém-descoberto em seus olhos azuis brilhantes. "Você gostou daquele lugar? Parecia com todas as cabanas de cowboy sobre as quais você escreve, até o fogão a lenha na cozinha."

"A única coisa que faltava era a casinha fedorenta, mas poderíamos construir uma dessas." Ivy riu, inclinou-se e pegou duas garrafas de água do cooler a seus pés. "Você gostou mais daquele condomínio no lago, não foi?"

"Como investimento, mas não para morar. O condomínio com rampa para barcos privados é uma propriedade de investimento perfeita aqui. Tem três quartos, dois banheiros e poderia ser organizado para acomodar até dez pescadores."

"Levaria muito tempo para obter um retorno do seu investimento de quase meio milhão."

"Na verdade, não. Um lugar como aquele seria alugado por até três mil dólares por semana e, com a promoção adequada, provavelmente você poderia mantê-lo lotado durante vinte semanas por ano. Ele se pagaria sozinho em alguns anos com uma boa administração."

"Você teria que encontrar uma boa empresa de administração local."

"Ou me mudar para cá e administrá-lo sozinho."

"O quê?" Ivy perguntou, olhando para ele horrorizada. "Você deixaria o Arizona?"

"Passo a maior parte dos verões longe do Arizona hoje em dia. Pensei que poderíamos passar três temporadas aqui e os invernos no Arizona. Esta seria uma boa base central de operações para minhas outras propriedades, e nós dois gostamos da área." Carl pegou um charuto e o acendeu.

"Nós?" ela perguntou estupefata e tomou um longo gole de sua água.

"Você está sempre reclamando de não ter uma renda estável," ele disse em um tom casual, "Pensei que poderia instalá-la em um escritório aqui, e você poderia fazer reservas, providenciar a limpeza e outras coisas. Eu lhe pagaria um salário."

Ivy ficou feliz por ele estar pensando nela, mas surpreendeu-lhe que Carl pensasse que ela estaria disposta a simplesmente pegar e se mudar em um piscar de olhos.

"Certamente é algo para se pensar." Ivy tomou outro gole longo da garrafa de água.

Quem diabos ele pensa que é? Quem diabos ele pensa que eu sou? Ele acha que eu sou uma mulher desesperada e carente que vai simplesmente largar tudo em sua vida para se mudar para onde Judas perdeu as botas e limpar suas propriedades alugadas.

8

A viagem de volta ao Arizona foi tranquila e sem intercorrências. O tempo permaneceu claro e o Lexus não teve problemas. Ivy se viu contando os quilômetros à medida que se aproximavam do vale e ficou feliz em se jogar em seu sofá confortável e se abraçar com Cheshire quando finalmente chegou em casa uma semana e meia depois de partir com Carl para Tulsa.

Conversas tensas pontuaram a viagem de volta e Ivy percebeu que confundiu Carl com seus longos silêncios. Ele havia lhe feito uma oferta generosa de emprego e uma oportunidade de passar mais tempo com ele. Carl deve ter presumido que era isso que Ivy queria e não conseguiu entender sua melancolia e falta de gratidão.

"Obviamente, eu a insultei de alguma maneira," Carl disse depois de jogar as malas dela no chão do quarto. "Certamente não é o que eu pretendia."

"Não estou insultada, querido." Ela pegou a mão dele quando ele passou por ela no sofá. "Agradeço a ideia, mas não sei se quero me mudar para o Missouri sem pensar muito sobre isso."

"Bem, é claro que não. Você precisa conversar sobre isso com sua família e você tem esse lugar." Ele fez um gesto com a mão para indicar o apartamento dela. "Até quando é o seu aluguel aqui?"

Ela pensou por um minuto. "Quatro meses, mas a nova administradora nos disse que poderíamos rescindir o contrato, desde que avisássemos com trinta dias de antecedência. Eles têm uma longa lista de espera para inquilinos aqui."

"Isso é bom. De qualquer maneira, vai demorar um pouco para conseguir acertar o financiamento dos condomínios."

"Condomínios como em ambas as unidades que examinamos?" Ivy perguntou com uma sobrancelha erguida.

"É tudo ou nada," ele disse, sorrindo. "Ambos têm o mesmo potencial e o segundo era consideravelmente mais barato do que o primeiro. O retorno do investimento seria mais rápido. Vou dar uma olhada em um software de reserva sobre o qual li. Mandarei a informação por e-mail e você poderá dar uma olhada nele e, se não se importar, entrar em contato com algumas daquelas revistas que coloquei na sua bolsa para falar sobre as taxas e pacotes de publicidade. Confira os anúncios nelas e veja se alguma coisa lhe agrada. Você é uma escritora. Aposto que você pode criar uma ótima cópia do anúncio para atrair locatários." Ele se inclinou e deu-lhe um beijinho rápido na bochecha. "Ligarei para você amanhã." Ele a deixou sentada com a boca aberta.

Já me sinto uma maldita secretária, e ainda nem falamos sobre um salário. Por quanto tempo devo fazer um trabalho pro bono antes de começar a receber um salário? Que diabos estou pensando?

Ivy se levantou, caminhou até o quarto e começou a esvaziar as roupas sujas das malas no cesto de roupa suja. Ela olhou para a pilha crescente e sabia com o que estaria preenchendo seu dia amanhã. Não seria com o estudo de programas de software ou pacotes de publicidade. Isso era absolutamente certo.

Ivy pegou o punhado de revistas de pesca de robalo e aluguel de férias nas Ozarks e as jogou na parte de cima de sua cômoda, mas continuou a jogar suas roupas no cesto com nojo crescente.

Ele me convida para uma viagem e chama isso de férias de trabalho, balança uma casa nas montanhas verdes e um relacionamento debaixo do meu nariz e sugere um emprego assalariado junto com uma pilha de trabalho. Mamãe sempre disse que homens ricos não ficam ricos distribuindo seu dinheiro livremente. Ela também disse que nenhum homem compraria a vaca se já estivesse obtendo o leite de graça. Talvez eu devesse ter prestado mais atenção à mamãe, afinal.

Sentindo-se enojada consigo mesma e com suas escolhas ultimamente, Ivy se despiu e foi para o chuveiro. Talvez um banho demorado e quente clareasse sua cabeça. Ela ficou sob o jato quente e deixou que ele lavasse suas lágrimas pelo ralo. Ela permitiu que a água quente e fumegante dissipasse suas dores, tanto mentais quanto físicas. Ivy ficou se aquecendo no chuveiro até que a água começou a esfriar. Ela finalmente desligou a água, pisou no tapete e pegou uma toalha. Ela enrolou o cabelo molhado em uma e seu corpo curvilíneo em outra.

De volta ao quarto, Ivy conectou seu laptop e abriu seu arquivo de documentos. Ela abriu seu último manuscrito e começou a reler os últimos capítulos, editando enquanto lia. Ela sempre encontrava pequenos erros dessa maneira: palavras perdidas, palavras erradas ou problemas de continuidade.

Depois da meia-noite, ela salvou seu trabalho e fez logoff. Ivy pensou em verificar rapidamente seu e-mail, mas pensou melhor e desligou a máquina. Tinha sido um dia longo e cansativo no final de uma semana longa e cansativa. Ela olhou da pilha de revistas com sua promessa de um futuro novo e desconhecido com Carl para o laptop com todas as horas de trabalho e a promessa ainda não cumprida de um futuro como autora.

Eu deveria ser realista. Tenho quase sessenta anos. Que tipo de futuro eu realmente tenho como autora? Se eu for para o Missouri com Carl, ainda poderei escrever e possivelmente ter o relacionamento que tenho desejado ter com ele.

Ivy fechou a máquina, colocou-a de lado e caiu de costas sobre os travesseiros. Assim que soube que a barra estava limpa e que não estava mais trabalhando, Cheshire pulou na cama e se aninhou ao lado dela, ronronando baixinho. Ivy deixou cair a mão em seu pelo macio e massageou sua barriga. Ele pegou sua mão com as patas em formato de garras e começou a morder seus dedos, encorajando-a a continuar. Ela continuou, mas logo adormeceu ao ritmo suave do seu ronronar.

O dia seguinte encontrou Ivy coberta de roupa suja. Seu apartamento cheirava a Tide, Downy e amaciante em folhas por volta do meio da tarde, quando ela finalmente guardou a última carga e abriu o laptop pela primeira vez naquele dia. Ivy abriu seu arquivo de e-mail e ficou surpresa ao ver algo da Agência Literária Strider. Tinha-se passado apenas uma semana desde que ela lhes havia enviado os capítulos solicitados e não esperava mais do que a resposta automática superficial 'recebemos seu envio'.

Ivy pressionou ansiosamente a tecla para abrir a correspondência.

Sra. Chandler,

Temos o prazer de informar que seus capítulos iniciais foram bem recebidos pelo nosso comitê de revisão e eles gostariam de ver seus dois manuscritos completos. Se o resto dos manuscritos for tão impressionante quanto os capítulos iniciais, acredito que seremos capazes de lhe oferecer uma representação. Com isso em mente, estou anexando uma cópia do nosso contrato padrão para que você se familiarize com ele.

Estamos ansiosos para ver seus manuscritos e possivelmente trabalhar com você como uma cliente promissora a longo prazo.

Sinceramente,
Janice Strider, Presidente, A Agência Strider

Ivy abriu o anexo e leu o jargão jurídico básico. Que se resumia ao fato de que a Agência Strider tinha direito a quinze por cento de todos os lucros que seu livro auferisse com royalties ou direitos de filmes que a agência pudesse arranjar.

Ivy respondeu rapidamente, anexou os arquivos dos seus manuscritos e os enviou para sua consideração com um coração esperançoso. Poderia realmente ser tão fácil assim? Ela tinha lido sobre tais coisas acontecendo e até uma das mulheres em seu grupo semanal de crítica havia encontrado representação e recebido um contrato junto com um cheque considerável para uma de suas fantasias de capa e feitiçaria. Ivy nunca realmente pensou que isso aconteceria com ela.

Ela caiu em si. Isso ainda não tinha acontecido. Ela terminou de examinar sua correspondência, deletando a maior parte e pensou em trabalhar um pouco em seu novo manuscrito. Em vez disso, ela abriu a página do blog e escreveu quatrocentas palavras sobre como estava feliz por ter chegado à terceira rodada da Batalha de Aquisição de um Agente. Ela não escreveu nada sobre Branson.

Ivy dedicava seu blog à escrita e geralmente não mencionava assuntos pessoais, a menos que tivessem alguma conexão com sua vida de escritora.

No final desta semana, ela estaria fazendo um podcast com um amigo e pretendia falar sobre os eventos em Tulsa já que a história estava nas manchetes nacionais e o YouTube estava transmitindo os danos da tempestade sem parar. Seu amigo disse que poderia criar um link para as fotos da área destruída da piscina do Clarion assim como algumas das gravações dos noticiários das entrevistas de Joanna e Carl. Nenhuma publicidade era má publicidade, como dizia o ditado. Ivy ficava feliz por conseguir tudo o que podia. Se ser pega em um tornado em Oklahoma pudesse ajudá-la a vender livros sobre mulheres no Velho Oeste, ela aceitaria. Ela também reservou um tempo para enviar uma carta ao pessoal do Clarion sobre o gerente covarde e a jovem heroica no hotel naquela noite.

As seis semanas seguintes passaram insuportavelmente devagar. Carl havia se ausentado a negócios novamente com mais alguns dias visitando seus netos em Wisconsin em sua fazenda de gado leiteiro. Ela raramente tinha notícias dele nessas viagens e sentia sua falta.

Eles só se falaram uma vez entre o retorno do Missouri e sua partida novamente na semana seguinte e tinha sido tenso. Ele havia ligado para ver se ela havia revisado as informações sobre o software de reservas e havia notado sua falta de entusiasmo.

"Ivy, se você não estiver interessada neste projeto, me avise agora antes que eu faça um grande investimento."

"Carl, não é que eu não esteja interessada," ela suspirou, "Só tenho muito em que pensar e você sabe como eu sou com tecnologia. Isso me deixa nervosa. Preciso que alguém me instrua pessoalmente sobre como usar o software antes que eu possa me sentir confortável com ele."

"Nós podemos fazer isso, eu suponho. Eles não oferecem um tutorial?" Ele perguntou.

"Acredito que sim. Vou olhar de novo." Ivy pegou sua caneca de café e tomou um gole da bebida que esfriava. "Quanto tempo você vai ficar fora?"

"Não tenho certeza. Vou fazer uma parada e ver as crianças. O aniversário da bebê está chegando e eles estão planejando uma festa." Ivy sorriu. Ela sabia que sua neta mais nova estava fazendo seis anos, mas ele ainda a chamava de bebê.

"Bem, divirta-se. Elas crescem rápido. Antes que você perceba, estarão lhe dando uma festa de dezesseis anos."

"Nem me lembre," ele gemeu. "Estar mais perto das crianças é um dos motivos pelos quais quero me mudar para Branson. Seria um bom lugar para trazê-los durante as férias de verão da escola. O Arizona é muito quente e muito longe da mãe delas."

"Seria bom para os meus também. Você sabe o quanto meus filhos gostam de caçar e pescar."

"Então, você *tem* dado alguma consideração a isso?" Ele parecia aliviado.

"Claro que sim, querido. Prefiro ficar sentada à sombra, à beira do lago, pescando do que confinada aqui neste apartamento, porque você corre o risco de entrar em combustão espontânea toda vez que sai pela porta." Ivy riu.

"Ok, querida, tenho que correr agora. Dê uma olhada naquele programa de novo e ligarei quando voltar em algumas semanas."

"Claro, faça uma boa viagem e fique seguro." Ela quase acrescentou eu te amo, mas se conteve. Eles ainda não estavam lá.

A secadora de Ivy zumbiu, informando que sua carga estava seca. Ela colocou seu laptop de lado e se levantou para caminhar até a máquina para dobrar suas roupas na cesta quando seu telefone tocou. Ivy atendeu, mas não reconheceu o número. Ela pensou em ignorá-lo, mas abriu o telefone e colocou-o no ouvido.

"Olá." Ivy recostou-se no sofá de camurça falsa.

Uma voz feminina do outro lado respondeu: "Posso falar com Ivy Chandler, por favor?"

"É Ivy."

"Olá, Sra. Chandler. Aqui é Janice Strider da Agência Strider em Nova York. Como está sendo seu dia?"

Ivy pensou que fosse desmaiar, mas respirou fundo e continuou. "Está indo bem. Você precisa de mais arquivos? Pensei ter enviado tudo que você pediu em relação à minha série de livros." Ivy procurou as palavras.

"Oh, não, temos tudo que precisamos. Obrigada por nos enviar tão prontamente." Houve um silêncio constrangedor. Ivy suspeitava que era o momento em que iria ouvir que eles realmente não estavam interessados, afinal, por algum motivo. "Você teve a oportunidade de estudar nosso contrato de cliente que eu lhe enviei?"

"Sim. Pedi a um advogado amigo meu para dar uma olhada e ele me disse que parecia ser honesto." Ivy mordeu o lábio.

Isso soou como se tivesse saído da boca de uma caipira idiota? Ser honesto?

"Muito bom, porque gostaríamos de oferecer uma representação para sua série proposta de três livros. Tenho tentado oferecê-lo para alguns amigos editores aqui em Nova York e tenho o prazer de dizer que tem havido algum interesse. Gostaria de enviar por FedEx um contrato para você assinar hoje, se você estiver disposta a fazê-lo."

"Isso parece maravilhoso. Obrigada. Você tem meu endereço de correspondência?"

"Sim, peguei no seu site. Vou enviá-lo hoje. Vou me reunir com o editor de aquisições de uma das Cinco Grandes esta tarde e podemos ter uma oferta em andamento para seus manuscritos. Como estão indo as coisas em relação a isso? Sei que você tem os livros um e dois concluídos, mas qual é a sua projeção para o livro três?"

"Já tenho cerca de dez capítulos do livro três enquanto conversamos."

"Maravilhoso. Você pode me enviar os três primeiros capítulos do livro três? Adoraria tê-los para mostrar à editora quando ela chegar."

"Claro. Irei enviá-los assim que desligarmos." Ivy viu manchas diante dos seus olhos e seu coração estava batendo um quilômetro por minuto em seu peito. *Oh, meu Deus! Oh, meu Deus!*

"Então irei deixá-la fazer isso. Tenha um dia maravilhoso, Sra. Chandler."

"Você também, e obrigada." Ivy ouviu a linha ficar muda e fechou o telefone. Ela pegou seu laptop novamente, se conectou e enviou o arquivo solicitado. Ivy foi em frente e enviou todos os dez capítulos do livro três, embora ela ainda não os tivesse editado completamente. Ela queria que a Sra. Strider visse que ela não estava mentindo sobre seu progresso. Após pressionar a tecla enviar, Ivy jogou-se novamente no sofá, sem fôlego.

Isso está realmente acontecendo ou estou alucinando? Tenho uma agente e possivelmente um contrato de três livros com uma das cinco grandes editoras. Vou acordar a qualquer minuto e preciso de um café.

Mas ela não precisava acordar. Ela estava sentada no sofá com o laptop aberto e o telefone na almofada ao lado dela. Tudo isso tinha realmente acontecido. Ivy pensou em acessar sua página no Facebook para anunciar a notícia, mas achou melhor esperar. Ela não queria azarar nada. Ela guardaria tudo para si até que o homem da FedEx aparecesse com o contrato e ela o assinasse e o devolvesse.

Ela se perguntou se deveria compartilhar a notícia com Carl. Não, ela também esperaria para contar a ele. Ela nem tinha certeza de onde ele estava no momento. A última notícia que teve dele foi que ele estava em Milwaukee cuidando de alguns negócios antes de ir para a fazenda para ver as crianças. Ela não tinha notícias dele há algumas semanas, mas isso não era incomum quando ele estava fora a negócios.

9

Ivy passou o dia seguinte esperando ansiosamente a campainha tocar. Quando ainda não era por volta das três da tarde, ela pensou em ligar para a Sra. Strider, mas decidiu esperar. A diferença de fuso horário era de três horas e já eram seis da noite em Nova York. Ela resolveu ligar amanhã se ninguém aparecesse por volta das treze horas. Isso intrigou Ivy. A mulher parecia tão animada no dia anterior sobre entregar o contrato para ela naquele mesmo dia. Talvez após enviar o início não editado do terceiro livro, ela tivesse perdido o interesse, ou o editor da editora tinha.

O estômago de Ivy contraiu de dúvida e nervosismo. Se ela tivesse mudado de ideia, não teria pelo menos lhe enviado um e-mail avisando? Ivy verificou sua caixa de correio eletrônico pela centésima vez, mas não encontrou nada da Agência Strider.

A cabeça de Ivy latejava enquanto ela tomava seus remédios noturnos e se arrastava para a cama naquela noite, exausta de se preocupar por que o contrato não havia chegado como prometido. Ivy acendeu a luz e abriu o jornal. Enquanto folheava as páginas, um rosto sorridente familiar chamou sua atenção. Carl, vestido com um smoking, estava ao lado de uma bela loira em um vestido preto elegante, sorrindo para ele. Os olhos de Ivy voaram para a legenda abaixo da foto.

O investidor imobiliário Carl Anderson e sua adorável companheira, Judith Merriman, do Merriman Group, participam do Simpósio de Corretores de Imóveis do Arizona, onde Anderson foi premiado como Corretor de Imóveis do Ano. O jantar de premiação da noite passada foi realizado no Point Resort...

Noite passada? Ivy olhou para o rosto radiante de Carl e depois para o rosto da bela mulher com ele. Ivy colocou a mulher na casa dos quarenta e poucos anos com um lindo cabelo loiro, seios fartos e uma cintura fina. Eles estavam de mãos dadas em um pátio com as luzes da cidade brilhando abaixo.

Ivy já havia jantado no The Point, onde uma refeição com vinho custava facilmente cem dólares o prato. O ciúme avolumou-se dentro dela, olhando para a linda mulher na página segurando a mão do *seu* homem. Ela não conseguia entender por que Carl não a informou que estava de volta à cidade.

Ela olhou para a foto de Judith Merriman novamente. Talvez ela tivesse entendido.

Olha para ela. Não sou competição para isso. Ela é dez ou quinze anos mais nova que eu e tem dinheiro, sem dúvida. Aposto que aquelas pedras ao redor do seu pescoço e do seu pulso são reais, e aquele vestido também não saiu da prateleira do The Dress Barn.

Lágrimas escorreram pelo rosto de Ivy e ela jogou o jornal no chão, as páginas se espalhando pelo carpete. O barulho das páginas arremessadas fez Cheshire sair correndo do quarto. "Macho covarde," ela gritou com o gato em fuga. "Vocês são todos apenas um bando de malditos covardes." Ivy apagou a luz e chorou nos travesseiros.

A combinação de sua medicação noturna, preocupação do dia com o contrato e a notícia de que Carl estava de volta e se divertindo pela cidade com uma socialite muito jovem dominou Ivy. Ela caiu em um sono exausto, mas errático.

Pesadelos sobre o incidente de Tulsa atormentaram seu sono. Judith Merriman substituiu Joanna em seus sonhos e, em vez de proteger Ivy no vaso, Carl abraçava a mulher elegantemente vestida do jornal. Ivy acordou em prantos e olhou a hora no modem da TV a cabo ao lado da televisão. As luzes azuis marcavam três e quarenta e cinco.

Ivy se levantou e se arrastou até o banheiro, onde se aliviou, ligou o chuveiro e entrou sob o jato de água quente. Foi bom, e ela deixou a água lavar sua tensão da noite agitada. Era um novo dia.

Cedo, mas um novo dia, no entanto. Durante um de seus momentos de vigília à noite, Ivy teve uma ideia para seu manuscrito e estava ansiosa para começar.

Ela fez um bule de café, abriu seu laptop e começou a trabalhar em seu manuscrito. Ao meio-dia, quando o ronco de sua barriga lhe disse que ela deveria comer, Ivy havia terminado três novos capítulos e quase dez mil palavras.

Satisfeita, Ivy se levantou, fez um sanduíche, serviu um pouco de refrigerante sobre o gelo e voltou para o sofá. Ela pensou em ligar para Nova York, mas não o fez. Ela pensou em ligar para Carl, mas não o fez.

A campainha soou quando Ivy estava bebendo e ela engasgou. Tossindo, ela colocou o copo na mesa de centro e foi até a porta. Era um mensageiro do Federal Express com um envelope de papelão. Ivy o pegou com um sorriso e assinou o tablet. "Obrigada," ela disse e fechou a porta. Com as mãos trêmulas, Ivy puxou a guia do zíper de papelão para abrir o envelope. Ela puxou uma pilha de papéis e sentou-se para ler a carta de apresentação de Janice Strider.

Sra. Chandler,

Lamento pelo atraso, mas queria permitir que minha amiga editora lesse seus capítulos adicionais. Estamos emocionados e impressionados. Tenho o prazer de informar que a empresa dela gostaria de assinar como sua editora para os três manuscritos e ofereceu a quantia de trezentos mil dólares contra royalties para cada livro enviado. Eles estão confiantes, assim como eu, de que existe um bom mercado entre as mulheres para o seu trabalho.

Leia, assine e coloque a data no contrato em anexo. Assim que você o devolver, poderei finalizar os contratos com a editora e enviar-lhe um cheque. Encaminharei os detalhes sobre a editora e o que eles exigirão de você como um de seus autores.

Estou ansiosa para trabalhar com você. Janice Strider

Ivy leu e releu a carta várias vezes. Trezentos mil dólares para *cada* livro? Ela releu para ter certeza de que não havia lido errado.

E se os livros não venderem? Terei que devolver o dinheiro? Com quinze por cento, essa agência está ganhando quarenta e cinco mil por livro. Eles terão que devolver o deles também? Aposto que não. É melhor eu ler esse contrato novamente. Eles já têm os dois primeiros livros. Será que isso significa que vou receber um cheque de meio milhão de dólares? Oh, meu Deus!

Ivy pegou o contrato, leu e vestiu-se. Ela procurou no computador a estação FedEx mais próxima e dirigiu até lá o mais rápido que pôde. Ela fez o homem no balcão assinar o contrato como sua testemunha e fez com que as assinaturas fossem autenticadas pelo tabelião interno. Após comprar sua primeira casa, este era o negócio mais emocionante que Ivy conseguia se lembrar. Ela endereçou o envelope, verificou novamente se estava correto e pagou para que fosse enviado para entrega no dia seguinte.

Caminhando nas nuvens, Ivy voltou para casa. Ela deu uma olhada em sua geladeira e sorriu. Após receber um grande cheque, ela seria capaz de enchê-la com mais do que carne da delicatessen Hillshire Farms, fatias de queijo Kraft embaladas individualmente e cerveja barata do Wal-Mart. Ivy queria dançar, mas dançar sozinha não era divertido. Talvez ela desse uma festa, *sim*, *'Vendi meus livros'*. Talvez ela a desse junto à piscina do The Point Resort e comprasse um vestido preto brilhante.

Ivy pensou em ligar para Carl e compartilhar as boas notícias. Ele tinha que saber que ela tinha visto o jornal. Ela o lia todos os dias e ele sabia disso. Ele ainda não tinha ligado ou mandado uma mensagem para ela. Neste momento, Ivy não estava nem aí. Ela manteria sua felicidade para si mesma por um pouco mais de tempo.

Pensando bem, ela abriu seu laptop, fez o login e abriu sua página no Facebook. Ela anunciou suas boas notícias sobre assinar com a Agência Strider e a notícia de que eles possivelmente lhe garantiram um contrato de três livros para seu último trabalho. Depois do Facebook, Ivy fez o mesmo com seu blog. Carl não tinha uma página no Facebook e ela não sabia se ele seguia seu blog ou não, mas todos os seus amigos escritores e fãs iriam receber a notícia, e isso deixou Ivy feliz neste momento.

Logo Ivy estava recebendo mensagens de texto de amigos e familiares, parabenizando-a e fazendo perguntas sobre detalhes como quanto dinheiro ela iria receber e quando iria recebê-lo. Infelizmente, Ivy sabia exatamente quais estariam pedindo empréstimos se ela desse detalhes. Ela agradeceu, mas se recusou a falar sobre dinheiro, dizendo que não queria azarar as coisas.

Este dia foi certamente melhor do que o anterior. Sua cabeça girava e ela não conseguia se concentrar em sua escrita. Ela estava feliz por ter acordado cedo e concluído três capítulos antes que o homem da FedEx aparecesse.

O telefone tocou e Ivy atendeu. Não era um número que ela reconhecesse, mas também não era um código de área de Nova York. Ela abriu o telefone.

“Olá, Ivy Chandler aqui,” ela disse alegremente.

“Senhora Chandler, aqui é Norman Powell de Branson. Mostrei a você e o Sr. Anderson algumas propriedades há algum tempo.” Ivy reconhecia agora seu sotaque sulista anasalado.

“Sim, Sr. Powell, o que posso fazer por você?”

Ivy não se lembrava de lhe ter dado um dos seus cartões, mas devia ter feito isso.

"Tenho tentado falar com o Sr. Anderson. Temos uma data marcada para a assinatura do contrato dos condomínios, mas queria informá-lo de que a pequena cabana que mostrei a vocês está novamente disponível. Pensei duas vezes que a tínhamos vendido quando ele fez uma oferta, mas as transações não deram certo e ela está disponível novamente." Powell fez uma pausa e tossiu. "Por acaso você tem outro número onde eu possa entrar em contato com ele?"

"Não, sinto muito. O celular é o único telefone que ele tem. Ele está viajando, mas acho que já pode estar em casa. Se você deixar uma mensagem, tenho certeza de que ele retornará sua ligação."

"Obrigado, senhora. Tenho deixado mensagens para ele há alguns dias e não obtive notícias dele. Se por acaso você falar com ele, você irá informá-lo de que a cabana está disponível novamente e que sua oferta de cento e cinquenta mil dólares ainda pode ser apresentada ao proprietário? Depois que esta última transação fracassou, acredito que o vendedor possa estar aberto a isso. Caso contrário, verei o Sr. Anderson na assinatura do contrato dos condomínios em duas semanas. Você irá acompanhá-lo?"

"Acho que não, Sr. Powell. O Sr. Anderson geralmente não me leva em suas viagens de negócios. Estávamos juntos lá porque a conferência de Tulsa foi cancelada e pensamos em dar uma corrida até Branson para umas pequenas férias de trabalho." Ivy suspirou, pensando na pequena cabana pitoresca. "Se eu falar com ele, com certeza irei avisá-lo sobre a cabana."

"Obrigado e você tenha um bom dia, senhora." Ele desligou e Ivy fechou o telefone.

Eu deveria ligar para ele? Ele iria comprar aquela cabana para mim? Para nós?

Confusa, Ivy pegou o telefone e discou o número de Carl. O telefone tocou várias vezes antes de ir para o correio de voz. Ivy desligou. Ela não deixaria uma mensagem para ele no correio de voz. Ele reconheceria seu número e retornaria a ligação ou não.

10

Carl não ligou. Ivy examinava o jornal todos os dias, mas não encontrou mais nenhuma foto dele com Judith Merriman. Ivy havia pesquisado sobre ela no Google e descobriu que a mulher tinha 46 anos, era divorciada duas vezes e mãe de dois filhos. Desde a morte de seu pai, Howard Merriman, há dois anos, ela voltou a usar seu nome de solteira e a chefiar o Grupo Merriman, uma empresa de investimentos imobiliários que possuía vários shoppings no vale, Tucson e Flagstaff. Dizer que a mulher era rica seria um eufemismo grosseiro.

De jeito nenhum eu posso competir com isso. Ela é mais jovem. Ela é linda. Ela é rica e conhece o negócio dele melhor do que eu jamais conhecerei. O que eu tenho a oferecer em comparação a ela? Ela provavelmente também vai para a cama com ele.

Dez dias após devolver o contrato a Janice Strider, o homem da FedEx estava de volta à sua porta com outro envelope. Ivy estava sentada pasma em uma descrença atordoada olhando para um cheque de quinhentos e dez mil dólares. Seu estômago embrulhou e ela mal teve tempo de agarrar a lixeira de metal ao lado do sofá antes de esvaziar o estômago. Ivy ficou sentada tremendo por vários minutos, em seguida, vomitou novamente, olhando para o grande cheque na almofada ao lado dela.

O que vou fazer com esse dinheiro? Meio milhão é considerado rico ou apenas opulento? Não, apenas uma sorte danada é o que é.

Ivy colocou o cheque com cuidado na carteira. Ela vestiu uma calça jeans, uma camiseta regata e uma jaqueta leve de linho. Ela escovou o cabelo e olhou para seu reflexo no espelho. Ela precisava de um corte de cabelo. Com certeza, ela poderia pagar por uma agora. Ivy pegou a carteira e saiu para o carro. Ela olhou para o velho sedã empoeirado. Ela também precisava de um carro novo. Ivy agarrou a carteira, segurando o cheque ridiculamente grande. Ela também podia pagar por um desses agora.

Não se empolgue e gaste tudo em um dia, Iva Leigh. Isso é o que a Vovó diria se estivesse aqui para ouvir sobre esta boa sorte.

Ivy dirigiu até o banco, onde colocou metade do dinheiro em uma conta do mercado monetário com juros altos, pagou seu cartão de crédito e aumentou o limite de quinhentos para cinco mil pré-pagos. O resto ela depositou em sua conta de poupança comum, menos quinhentos em dinheiro que ela colocou em sua carteira como dinheiro para gastos diários.

Após ter seu carro lavado e limpo completamente, Ivy foi até o salão e recebeu um tratamento completo. Ela conseguiu um novo corte de cabelo, uma cor nova, as unhas foram feitas e as sobrancelhas depiladas. Ela nunca havia se sentido tão mimada na vida. Ela gastou mais de duzentos dólares no salão e não se sentiu mal por isso nem um pouco. Ela merecia um pequeno tratamento especial depois de todo o trabalho árduo em seus manuscritos. Escrever não era exaustivo, mas ainda equivalia a um trabalho da variedade mental.

No dia seguinte, Ivy pegou sua irmã e foram às compras. Carrie ficou emocionada por ela, mas a alertou para ter cuidado com o dinheiro e não enlouquecer com seus gastos. Quando Ivy entrou em uma concessionária de carros de luxo, Carrie apenas revirou os olhos e balançou a cabeça em resignação. Quando elas saíram da concessionária em um novo sedã Lexus azul-elétrico esportivo que estava pago sem qualquer estorvo, as duas exibiam um sorriso grande no rosto.

Ivy dirigiu o carro novo até Scottsdale, onde visitaram algumas lojas de consignação sofisticadas que Carrie conhecia e depois pararam para almoçar em um bom restaurante. Do lado de fora, Ivy podia sentir o cheiro perfumado da fumaça de lenha de um defumadouro e sua boca começou a salivar. Seu humor ficou sombrio quando ela passou pelo Lexus prateado de Carl no estacionamento. Ivy reconheceu as placas. Dentro do restaurante, os salões estavam decorados com móveis e arte do sudoeste. Tapetes navajos estavam pendurados na parede e a cabeça de um alce estava pendurada sobre a enorme lareira.

A recepcionista os acomodou e Ivy olhou ao redor da sala para ver Carl sentado ao lado de Judith Merriman em uma cabine no corredor de sua mesa. Ela engoliu em seco e tentou desviar o olhar, mas não conseguiu.

Enquanto ela e Carrie faziam o pedido, Carl finalmente a notou e deu um sorrisinho nervoso e acenou com a cabeça. Ivy não achou que a Judith tagarela havia notado. Quando ela e Carl se levantaram, Ivy viu que dois jovens estavam sentados com eles do outro lado da cabine. Eles deviam ser os dois meninos de Judith. Ambos tinham o cabelo loiro da mãe e feições delicadas.

Carl deu a Ivy um leve aceno de cabeça ao passar, mas não disse nada. Ivy queria chorar, mas continuou sorrindo e brincando com Carrie. Seu telefone tocou, notificando-a de uma mensagem, e Ivy o abriu. A mensagem era de Carl.

Oi, querida. Te ligo mais tarde.

Ivy respondeu: *Não se dê ao trabalho.* Ela desligou o telefone e o colocou de volta no bolso.

"Quem era? Carrie perguntou.

"Ninguém importante. Para onde você quer ir depois do almoço?"

"Acho que deveríamos procurar apartamentos." Ela comeu uma porção da salada. "Você não gosta daquele lugar em que está agora. Encontre algo melhor para você."

"Vou ficar onde estou por um tempo. Acho que posso viajar um pouco."

"Você vai colocar quilômetros naquele carro novo e diminuir o valor," Carrie advertiu. "Você precisa ficar em um único lugar até terminar aquele último livro. Quanto mais até que o livro esteja concluído?"

"Estou na metade do caminho. Os outros dois têm trinta capítulos cada e tenho quinze concluídos neste." Ivy espetou um pedaço de frango em sua salada de espinafre, ainda chateada por ver Carl com aquela mulher e seus filhos. Ele havia evitado todos os esforços que Ivy havia feito para que ele conhecesse sua família, mas aqui estava ele em público, tendo um almoço animado com a família de Judith.

"Então é melhor você parar de gastar dinheiro até terminar," Carrie repreendeu.

"Ok, então, vovó. Acho que você vai pagar pelo almoço?" Ivy empurrou a conta para a irmã.

Carrie abriu a conta e seus olhos arregalaram.

"Não, você vai pagar por este." Ela riu e empurrou a conta de volta para Ivy.

Elas terminaram o almoço e pararam no shopping, onde Ivy comprou algumas calças jeans novas, um terno de linho elegante, uma carteira nova e sapatos. Ela viu Carrie olhando para uma bolsa de grife específica e, enquanto Carrie não estava olhando, Ivy a pegou junto com a carteira correspondente. Ela pediu ao caixa que as colocasse em uma sacola separada das suas compras e entregou-a a Carrie quando elas entraram no carro.

"O que é isso?" Carrie perguntou enquanto Ivy colocava suas compras na parte de trás do seu carro novo.

"Olhe e veja." Ivy observou o rosto de sua irmã iluminar-se ao ver a bolsa de grife e a carteira.

"Ivy Leigh, por que você fez isso?"

"Comprei um presente para minha irmã. Deus sabe que ela comprou o suficiente para mim nos últimos anos."

Carrie a abraçou, segurando a sacola na mão. "Obrigada, mana. Eu adorei." Ela entrou no carro. "Agora pare de gastar todo o seu dinheiro até terminar aquele próximo livro."

"Sim, vovó." Ivy riu e sentou-se ao volante.

Ela deixou Carrie em casa, mas não entrou e voltou para seu apartamento. Seu telefone tocou e ela atendeu sem olhar para o identificador de chamadas.

"Olá, Ivy Chandler falando."

"Senhorita Chandler, é Norm Powell de Branson novamente. Você, por acaso, falou com o Sr. Anderson?" Ele parecia preocupado. "Ele não retornou minhas ligações e o vendedor daquela cabana está ficando ansioso. O Sr. Anderson deve estar aqui na próxima semana para a assinatura daquele contrato, mas pensei que se eu pudesse fazer a oferta, poderíamos assinar todos ao mesmo tempo."

"Sr. Powell, por que você não apresenta essa oferta ao vendedor em meu nome?" Ivy disse de maneira ousada. "Gostei daquele lugar, e se Carl está adiando, irei pegá-la."

"A que preço?" Powell perguntou.

"Cento e cinquenta, exatamente como o Sr. Anderson ofereceu," Ivy disse de maneira brusca, sabendo que o corretor estava esperando uma oferta maior.

"Posso fazer a oferta, Sra. Chandler, mas não posso garantir que o proprietário a aceitará. A última oferta foi duzentos e vinte e cinco."

"Sr. Powell, você me disse na semana passada que o vendedor estava motivado e provavelmente aceitaria cento e cinquenta," Ivy disse com severidade. "Tenho dinheiro, se isso ajudar. Posso transferir o dinheiro da garantia se você precisar dele antes de fazer a oferta."

"Você tem um número de fax onde eu possa lhe enviar a oferta de proposta? Eu precisaria de dez por cento com a oferta para entrar com um contrato de depósito contra o preço de venda."

Ivy deu-lhe seu número de fax. "Você pode me enviar uma mensagem de texto com as informações de encaminhamento para que eu possa ir ao meu banco e enviar o dinheiro?"

"Sim, senhora, com certeza posso, mas quanto tempo você demoraria para chegar ao seu banco? Estou do lado de fora do meu agora e poderia esperar aqui e enviar o contrato por fax diretamente para o seu banco." Ivy o ouviu respirar fundo. "Poderíamos simplesmente cuidar de tudo aí mesmo. Vou ligar para o vendedor nesse ínterim e fazer a oferta. Devo saber de algo quando você chegar ao seu banco."

"Estarei aí em cerca de quinze minutos, Sr. Powell. Estou no meu carro agora." Ela deu-lhe o nome e o endereço do seu banco para que o banqueiro dele pudesse fazer as conexões necessárias com o dela. Em vez de voltar para seu apartamento, Ivy fez mais uma viagem ao seu banco. Seria a terceira e, ela esperava, a última do dia.

Quando Ivy entrou no banco, era início da tarde, mas não perto da hora de fechar. Para a mais nova grande depositante, o gerente ficou mais do que feliz em ajudá-la em seus negócios. Ele já tinha o contrato de vendas enviado por fax do Sr. Powell e só precisava que ela assinasse um recibo para o dinheiro ser liberado para a conta caução no banco do Sr. Powell em Branson.

"O vendedor," o Sr. Powell disse enquanto ela subia as escadas para o banco, "está disposto a aceitar os cento e cinquenta, desde que seja uma transação rápida em dinheiro e não tenhamos que fazer nenhuma inspeção ou pesquisa. Ele gostaria de fechar o mais rápido possível."

"Três dias a partir de agora seriam rápidos o suficiente?" Ivy perguntou enquanto apertava a mão do gerente do banco.

"O quê?" Powell perguntou com uma voz chocada do outro lado da linha. "Sim, sim, claro, isso seria muito obsequioso de fato. Você pode chegar aqui em três dias? Por que não aumentamos para quatro apenas para garantir a segurança? O vendedor também está fora do estado e terá que chegar aqui também."

"Tudo bem," Ivy disse, "farei com que meu banqueiro transfira o dinheiro para sua conta caução hoje e o verei em seu escritório em quatro dias, às nove e meia da manhã."

"Você vai transferir todos o dinheiro hoje?" Ele perguntou, chocado.

"Eu realmente prefiro não viajar com esse tipo de dinheiro comigo. Sua empresa de custódia irá mantê-lo até a assinatura do contrato, não é?"

"Certamente que sim, Srta. Chandler. Você não precisa se preocupar com impropriedades da minha parte."

"Claro que não, Sr. Powell. Considere-o feito e o verei em quatro dias para assinar os papéis e pegar as chaves."

Ivy assinou e rubricou o contrato de oferta de venda, assinou a liberação do dinheiro da sua conta e aguardou o recibo da conta caução de Powell. Ela dirigiu para casa duzentos mil dólares mais leve do que quando saiu.

Ivy ligou para Carrie e pediu que ela viesse e cuidasse de Cheshire mais uma vez enquanto estivesse fora da cidade, mas ignorou os detalhes. Ivy disse à irmã que estava voltando para Branson para terminar alguns negócios que ela e Carl haviam começado lá. Carrie não se intrometeu, embora Ivy soubesse que ela queria saber exatamente o que estava realmente acontecendo.

De volta a casa, Ivy abraçou Cheshire e começou a fazer as malas para mais uma viagem. Isso lhe daria a chance de ver que tipo de quilometragem o carro novo fazia na rodovia. Ivy colocou seus jeans novos, algumas blusas e o terno de linho com sapatos combinando na mala.

Ela não planejava ficar mais tempo do que o necessário para assinar os papéis e conectar os serviços essenciais na cabana. Seria uma viagem rápida e então ela teria que fazer planos para mudar tudo. Ivy achou convidativa a ideia de morar em algum lugar verde novamente. Haveria quatro estações com flores na primavera, tempestades no verão, cores no outono e talvez até neve no Natal. Ela estaria mais perto de dois dos seus filhos e netos.

Essas foram as coisas que Ivy colocou na coluna positiva ao tentar tomar sua decisão sobre se mudar para as Ozarks com Carl. Agora ela estava sentada planejando se mudar sem ele, e isso estava partindo seu coração.

※ 11 ※

Ivy aconchegou-se com Cheshire, certificando-se de que sua caixa de areia estava limpa e seus pratos cheios. Ela colocou dois extras de cada caso sua irmã não chegasse rapidamente.

O sol ainda não havia nascido quando Ivy colocou suas malas baratas no porta-malas do seu novo automóvel de luxo. Já fazia muito tempo que ela não tinha um carro novinho em folha e ficava feliz que este não viesse com pagamentos. Ligando para seu corretor de seguros no dia anterior, Ivy fez as alterações na cobertura do Lexus. Ela viajava pela I-17, cheia de admiração e entusiasmo. Ela estava entrando de cabeça em uma nova aventura e possivelmente o início da melhor parte de sua vida.

Quem sabe, se esses livros vendessem bem, talvez houvesse outros grandes cheques de pagamento no futuro. Ivy já havia começado a planejar outro livro ambientado no Velho Oeste. Ela teria que fazer um pouco mais de pesquisa, mas acreditava que poderia ambientar a história no Missouri quando esse estado era o Oeste. Isso o definiria bem antes da Guerra Civil.

Ivy adorava fazer pesquisas e, agora que seu lar seria no Missouri, ela teria acesso fácil a bibliotecas, arquivos de universidades e museus, assim como a alguns dos prédios antigos nas cidades atuais que ela poderia caracterizar. Novos projetos, como novas aventuras, a excitavam.

Enquanto Ivy se transferia da rodovia I-17 para a I-40, seu telefone tocou. Ela atendeu.

"Olá, Ivy Chandler, como posso ajudá-lo?"

"Você sempre parece tão professional, querida." Era Carl e Ivy quase desligou o telefone.

"Oi, Carl. E aí?" Ivy não queria parecer rude ou desagradável, mas achou isso desafiador.

"Só queria falar com você sobre o restaurante ontem." Realmente tinha sido ontem? Tanta coisa tinha acontecido para Ivy como se semanas tivessem se passado desde que vira Carl rindo e almoçando com Judith Merriman e seus filhos.

"O que tem isso?" Ivy perguntou, querendo jogar o telefone por cima do ombro no banco de trás. "Quando você voltou para a cidade?" Ivy se perguntou se ele lhe diria a verdade.

"Estou de volta há pouco mais de uma semana. Tive que voltar para uma conferência da qual havia esquecido completamente." Bem, parcialmente verdadeiro.

"Lamento não ter ligado. Estou um pouco ocupado com as coisas desde que voltei para a cidade."

"Eu pude ver isso." Ivy resmungou e abaixou o visor para proteger os olhos do sol da manhã nascendo à sua frente.

"Agora, querida, você sabe que nunca tivemos qualquer compromisso um com o outro. Ambos somos espíritos livres e namoramos muito. Judith é uma velha amiga e está tendo problemas com um dos seus meninos. O pai deles não está mais na foto e ela pensou que talvez eu pudesse ajudar. Estou me colocando à disposição e passando algum tempo com ela e as crianças."

"Quão atencioso da sua parte," Ivy zombou.

"Então, como você está, querida? Como está indo a escrita?" Ele perguntou em um tom alegre, propositalmente ignorando o dela. Ivy percebeu que ele estava ansioso para afastar o assunto de Judith Merriman.

"Muito bem, na verdade, estou com o livro três quase concluído."

"Nenhuma notícia daquela agente ainda?" Ele perguntou com simpatia.

"Na verdade, eles me contrataram."

"Isso é ótimo, querida. Talvez você ganhe muito dinheiro em breve," ele riu.

"Já estou. Saí com minha irmã ontem, comemorando meu contrato de três livros a trezentos mil dólares cada. Recebi o cheque dos dois primeiros livros anteontem." Ainda a surpreendia o fato de que tivesse sido há apenas dois dias.

"Isso é incrível, Ivy. Estou tão orgulhoso de você." Ele fez uma pausa, mas Ivy não respondeu. "Vamos sair e comemorar hoje à noite? Você pode pagar já que está cheia de dinheiro."

"Não posso. Não estou em casa. Estou levando meu carro novo para dar uma volta. Vou ficar fora por uma ou duas semanas, eu acho."

"Dinheiro queimando um buraco no seu bolso?" Ele deu uma risadinha.

"Acho que sim, mas minha velha garota estava em péssimas condições e gostei tanto do seu Lexus que comprei um para mim. Vou levá-lo em uma viagem para avaliá-lo."

"Isso é ótimo, querida, mas tome cuidado como você gasta seu dinheiro. Você pode precisar que dure."

"Agora você parece minha irmã," Ivy resmungou, ainda mais irritada com ele. "Nenhum de vocês acredita que tenho mais livros em mim." Seu telefone emitiu um sinal sonoro, avisando que ela tinha uma mensagem chegando. "Tenho que ir agora, Carl. Tenho outra ligação."

"Ok, querida. Acho que você está nas grandes ligas agora e é popular. Tenha cuidado, e eu te ligo mais tarde." Carl desligou antes que ela pudesse se despedir. Ivy conectou seu telefone ao carregador. Ela verificaria a mensagem de texto quando parasse para abastecer. Provavelmente era sua irmã enviando uma mensagem de bom dia.

Ivy chegou a uma parada de caminhões cerca de cento e cinquenta quilômetros antes da fronteira com o Novo México e parou. O carro não estava quase vazio, mas ela ainda não estava familiarizada com este veículo e não queria ficar presa no meio do nada sem gasolina.

Carl realmente ligou para ela mais tarde e eles conversaram por mais de uma hora enquanto ela cruzava o Novo México. Ele falou indiretamente sobre o assunto, mas nunca mencionou o negócio em Branson. Ela também não mencionou *seu* negócio em Branson

Powell havia ligado para Carl e deixado mensagens para ele. Se ele tivesse desejado avançar com o negócio da cabana, ele teria respondido. Na opinião de Ivy, Carl Anderson havia perdido, e a perda dele foi o ganho dela.

Talvez ele planejasse mudar com Judith para um dos condomínios no lago ou para uma das casas de toras mais chiques que eles tinham dado uma olhada. Judith Merriman não parecia para Ivy ser do tipo pequena cabana no campo e seria uma sócia imobiliária muito melhor do que Ivy Chandler. Ela provavelmente também era melhor na cama. Carl gostava de suas mulheres com cabelos longos, seios grandes e pernas longas. Judith tinha tudo isso e uma grande imobiliária no valor de milhões para apoiá-la. Ivy Chandler, mesmo com sua sorte recém-descoberta, não poderia competir com isso. Ela nem tinha certeza se queria mais.

Ivy tentou afastar da sua mente a ideia de Carl e a bela loira de pernas compridas nus no chuveiro, mas considerou isso um desafio. Ele não a mencionou novamente durante a conversa. Quando Ivy perguntou sobre o aniversário de sua neta, ele disse que teve que perdê-lo por ter voltado para o vale para a conferência esquecida.

Ivy nunca mencionou ter visto a foto no jornal, nem ele. Ela queria tanto mencionar isso, mas segurou a língua, esperando que Carl apresentasse a informação. Ele não o fez e isso magoou os sentimentos de Ivy. Isso também abalou sua confiança de que haveria algum futuro com Carl Anderson.

Ele estava certo. Eles não tinham nenhum compromisso real um com o outro. Eles não eram exclusivos e Ivy tinha saído com outros homens quando Carl estava viajando. No entanto, ela sempre foi franca com ele sobre esses encontros e nunca tentou escondê-los dele.

Ivy parou para jantar no The Big Texan em Amarillo e viu um idiota tentar comer o bife de dois quilos do jantar. Ele não conseguiu e acabou vomitando em um balde o que enfiara garganta abaixo. Ivy apreciou sua costela malpassada com todos os acompanhamentos.

Quando terminou sua refeição, ela quase se hospedou no motel adjacente. Seu dia tinha começado cedo e ela estava cansada agora que sua barriga estava cheia, mas decidiu seguir em frente e tentar se aproximar um pouco mais de Oklahoma City. Ivy encheu o tanque do Lexus com combustível premium e voltou para a I-40 que seguia para o leste.

Quando o sol se pôs atrás dela, um relâmpago brilhou no céu à frente. Se começasse a chover, Ivy encontraria um hotel. Ela não gostava de dirigir no escuro, especialmente na chuva. Em sua última parada para abastecer, Ivy comprou um audiolivro de mistério de James Patterson. Ela colocou no CD seguinte e ouviu a história fascinante enquanto dirigia. Cerca de uma hora a oeste de Oklahoma City, uma forte chuva começou a cair. Ivy saiu da rodovia e se hospedou em um Knight's Inn.

O quarto era o chique típico de estrada, cheirando a mofo, fumaça de cigarro rançosa e Pinho Sol. Ivy ligou a televisão a tempo de pegar um aviso de tornado. Ela balançou a cabeça, tomou banho e arrastou-se para a cama. Os trovões retumbavam e sacudiam a vidraça da janela grande escondida atrás das pesadas cortinas blackout. Ivy se levantou e espiou pelas cortinas para ver a chuva caindo na calçada e brilhando nas luzes halógenas ao redor do estacionamento. Ivy ficou preocupada com seu carro, esperando que não houvesse granizo associado a esta tempestade. Temendo que fosse ser expulsa da sua cama para ser conduzida a um abrigo contra tempestades, Ivy vestiu sua camisa comprida antes de rastejar de volta entre os lençóis macios e frios.

Ela deixou a televisão ligada e foi acordada duas vezes pelo estrondo dos avisos do Serviço Meteorológico Nacional. Ivy pulou ambas as vezes para olhar pela janela. Ainda chovia e as árvores ao longe dançavam com os ventos, mas nada que a impedisse de voltar a dormir.

Ivy e seus irmãos cresceram no Corredor dos Tornados, no meio-oeste e, a menos que as telhas estivessem sendo arrancadas do telhado ou galhos de árvores estivessem caindo do céu, ela não ficava aflita com uma tempestade. Mesmo depois de sua experiência em Tulsa, Ivy deixou o ritmo da tempestade embalá-la de volta para dormir.

Na verdade, ela sentia falta delas. Eles não tinham muitas tempestades em Phoenix. Durante as monções de verão, as tempestades vinham do sul e assolavam o vale sudeste. Nos meses de invernos, as tempestades vinham da Califórnia e encharcavam o vale oeste. O apartamento de Ivy, situado na parte norte da área central de Phoenix, raramente via qualquer clima ruim em qualquer estação.

A manhã amanheceu com garoa, mas sem trovões ou relâmpagos. O vento havia se acalmado e Ivy partiu em direção a Oklahoma City às sete e meia. Ela encontrou um drive-thru em um McDonald's próximo e pegou um copo grande de café preto, um muffin de ovos e linguiça e batatas fritas.

Ivy conectou o telefone ao carregador do painel, colocou outro CD de audiolivro e voltou para a I-40. As nuvens e a garoa obscureceram o sol da manhã, então a viagem não foi muito desconfortável.

O Lexus se portou muito bem no pavimento molhado e Ivy tinha se acostumado aos freios e ao sistema de controle da velocidade. Ela ainda estava descobrindo como funcionava os controles do rádio, luzes e ar condicionado. Isso viria com o tempo e experiência.

O tráfego em Oklahoma City estava insuportável, com toda a construção de estradas e Ivy ficou parada por longos períodos. Ela ficou feliz quando a transição para rodovia com pedágio I-44 apareceu, levando-a em direção a Tulsa e depois a Branson. Ivy acreditava que deveria chegar à cidade antes de escurecer se o tempo continuasse bom.

Seu romance do Patterson terminou e Ivy verificou o medidor de combustível. Ela ainda tinha meio tanque, mas pensou em parar na próxima parada de caminhões para abastecer e para comprar outro audiolivro. Era quase a hora do almoço, então ela provavelmente também compraria um sanduíche.

Nenhuma grande parada de caminhões surgiu por mais de uma hora ao longo da rodovia estadual. Quando uma finalmente surgiu, não havia muitos carros na frente ou nas bombas. Ivy parou, encheu seu tanque e puxou o carro até a frente da grande loja. Após encher o tanque do Lexus, ela entrou e esvaziou o dela, usando o banheiro de azulejos estéreis antes de se aventurar para a loja.

O aroma de sanduíches vindo do Subway chamou a atenção de Ivy e ela fez desta sua próxima parada. Ela pediu um sanduíche de peru com bacon em um pão italiano com molho de cebola doce, escolheu um pacote de batatas fritas e encheu um copo de papelão encerado com refrigerante. Ivy pegou a bandeja e deslizou em uma das cabines de fórmica.

Apenas uma outra pessoa estava sentada na área do restaurante, um homem de meia-idade grande usando um boné com um logotipo esportivo que Ivy não reconheceu e uma camiseta manchada de graxa que se avolumava sobre seus ombros musculosos e parte superior dos braços. Ivy suspeitava que ele fosse um motorista de caminhão. Ele sorriu para ela, exibindo dentes brancos e regulares e ela retribuiu o sorriso nervosa. Ele se levantou e Ivy admirou a maneira como seu jeans se agarrava firmemente a seu traseiro bem torneado. Ele empilhou o lixo na bandeja e passou pela cabine dela.

Ivy abriu suas batatas fritas, derramou-as no

papel que havia embrulhado seu sanduíche e tomou um longo gole do refrigerante gelado com o canudo de plástico transparente. Ela estava mordendo seu sanduíche quando alguém deslizou em sua cabine do outro lado da mesa. Ivy ergueu os olhos para ver o mesmo homem que estivera na outra mesa.

"Oi," ele disse com um sorriso ofuscante e olhos castanhos deslumbrantes. "Sou Dan e só precisava voltar e dizer que acho você a mulher mais bonita que eu vi nos últimos dias."

Ivy engoliu o pedaço de sanduíche e lavou-o com um pouco mais de refrigerante. "Obrigada," ela disse com um sorriso travesso. "Essa cantada consegue muita ação para você aqui na estrada?"

"Alguma." Ele pegou uma de suas batatas fritas e jogou na boca. "Bonita e inteligente também. Gosto disso. Para onde você está indo?"

"Branson. Você?" Ivy deu outra mordida em seu saboroso sanduíche.

"Estou transportando uma carga de produtos de Brawley, Califórnia, para St. Louis." Ele pegou outra batata frita e depois, de maneira ousada, tomou um gole de seu refrigerante. "Você não é uma daquelas fãs dos Osmond Brothers, é?" Ele perguntou, sorrindo enquanto mastigava.

"Dificilmente." Ivy riu. "Acabei de comprar uma propriedade perto dali. Vou morar lá meio período, e meus filhos e netos irão usá-la durante o verão e a temporada de caça."

"Huh. Por que meio período? Onde você vai

morar no resto do tempo?" Ele exibiu seu sorriso encantador novamente e estava começando a deixar Ivy um pouco nervosa. Ele parecia um pouco charmoso demais.

"Eu moro em Phoenix. Você?" Ivy pegou uma batata frita antes que Dan pudesse pegar outra.

"Victorville, Califórnia. Também sou um rato do deserto agora." Ele tomou outro gole de seu canudinho. "Se você está indo para Branson, poderíamos viajar juntos um pouco. Você tem rádio PX no seu carro?"

"Não," Ivy riu, "desisti do meu rádio PX há trinta anos. Troquei por audiolivros." Ela amassou o papel de seu sanduíche em uma bola, empilhou o lixo na bandeja e se levantou. "Foi por isso que parei. Preciso de um novo." Ivy caminhou até a lixeira e despejou o lixo. Ela tomou um último gole e largou o copo para se juntar ao resto do lixo.

"O que você gosta de ouvir?" Ele perguntou enquanto a seguia para a seção de audiolivros. "Gosto das histórias de Deathlands e thrillers de ação."

"Sexo e violência," Ivy disse enquanto dava uma olhada, "entendi." Ela pegou um título de Clive Cussler e virou-se para voltar ao caixa. "Acabei de terminar um muito bom de James Patterson, se você quiser," Ivy ofereceu. "Eu apenas os passo adiante quando termino."

"Como eu disse, bonita e inteligente." Ele ficou para trás, observando enquanto Ivy pagava por sua compra com seu Mastercard. Ela pegou a sacola plástica e caminhou em direção às portas de vidro. Dan a seguiu. Ivy saiu pela porta e apertou o botão no chaveiro para destravar e ligar o Lexus azul brilhante.

"Belo carro." Dan abriu a porta para ela e Ivy entrou. Ela pegou a caixa do CD do romance de James Patterson do banco do passageiro de couro branco e entregou a Dan.

"Aqui está. Divirta-se."

"Obrigado, mas o que eu realmente gostaria é que você passasse pelo meu caminhão e entrasse para que eu pudesse lhe mostrar minha cabine-leito muito confortável." Ele passou uma mão firme pelo cabelo dela e sorriu lascivamente para Ivy.

"Tenho de estar em outro lugar." Ivy afastou a cabeça morena com um corte bem curto e reto fora de seu alcance, sorrindo para seus lindos olhos. "Obrigada pela oferta, mas eu realmente tenho de ir embora."

"Você tem um cartão ou algo assim com seu número para que eu possa ligar da próxima vez que estiver em Phoenix? Acho que gostaria de conhecê-la melhor."

Ansiosa para se livrar do homem, Ivy enfiou a mão no bolso externo de sua carteira em busca de um cartão de visita e entregou-lhe. "Vou ficar longe por um tempo, mas tenho meu telefone comigo o tempo todo."

Ele estudou o cartão de visita antes de colocá-lo

no bolso de trás. Ivy percebeu a aliança na mão esquerda do homem e deu um suspiro mental triste. "Bem, foi um prazer tê-la conhecido, Ivy Chandler. Você acha que eu já li alguma coisa que você escreveu?"

"Duvido seriamente. Escrevo ficção histórica feminina. Você sabe, histórias sobre a situação das mulheres durante a Guerra Civil ou viajando pela pradaria, lutando contra bandidos e índios selvagens. Não escrevo besteiras pós-apocalípticas ou thrillers de ação que atraem a maioria dos homens."

"Procurarei suas coisas na próxima vez que estiver na Barnes & Noble." Ele tirou o boné, virou-se e voltou para a loja com ar-condicionado. Ivy queria lhe dizer para não se incomodar em procurar na Barnes & Noble, mas não o fez porque um dia, em breve, seus livros estariam incluídos lá. Ela sorriu, fechou a porta, colocou o primeiro CD do novo audiolivro e voltou para a rodovia.

Ivy passou por Tulsa e viu quantas árvores ainda mostravam sinais da violência causada pela tempestade no mês anterior. Caminhões e equipes vestidas com a mesma cor trabalhavam para instalar as novas linhas de transmissão. Ivy se perguntou por que as empresas de energia não colocavam todas as suas linhas subterrâneas aqui, onde tempestades significantes destruíam as linhas todos os anos. Ela olhou para os homens vestidos de alaranjado e se perguntou se não era apenas uma maneira de manter as pessoas da área empregadas.

Passar por trechos de garoa e chuva forte entre Tulsa e Branson atrasou a viagem de Ivy, mas ela se registrou no Best Western pouco depois das dez daquela noite. Muito mais elegante do que o Howard Johnson. Ivy se perguntou por que Carl havia escolhido o hotel mais antigo para as férias deles, em vez deste Best Western mais agradável. Ela se lembrou do comentário de sua mãe sobre como os homens ricos se agarravam ao seu dinheiro. Ivy olhou para o recibo em sua mão e sabia que não seria rica por muito tempo se ficasse em bons hotéis, em vez dos mais práticos e baratos.

Ivy despiu-se, tomou banho e vestiu sua camisola. Ela ligou a televisão e encontrou o canal Discovery ID. A fala monótona dos narradores e a ausência de comerciais musicais barulhentos forneceram o ruído branco que abafou o zumbido em seus ouvidos e permitiu que ela dormisse.

12

Norman Powell não a esperava até a manhã seguinte, então Ivy aproveitou a oportunidade para explorar. Vestida casualmente com jeans e uma camiseta, ela encontrou uma espelunca de lanchonete e comeu ovos gordurosos, bacon e panquecas no café da manhã. A jovem garçonete era boa, mantendo a xícara de café cheia. Ela deixou para a garota ocupada uma gorjeta de cinco dólares por um café da manhã de seis dólares.

Ivy passou os primeiros dez anos de sua vida profissional como garçonete. Ela apreciava um bom serviço e o recompensava. Quando recebia um serviço ruim, ela deixava um ou cinco centavos para enfatizar seu desagrado.

O tempo estava ensolarado e quente, mas não excessivamente quente, considerando a estação. A umidade era mais alta do que Ivy estava acostumada em Phoenix, mas isso não era ruim, em comparação com o que ela suportou quando criança em sua antiga casa de fazenda sem ar condicionado. Soprava uma brisa suave e os galhos pendentes dos enormes carvalhos, bordos e sicômoros sombreavam as estradas estreitas ao redor de Branson. Ivy evitou a rua principal, ainda lotada de turistas porque a temporada de verão ainda não havia acabado e muitas crianças ainda não haviam voltado para a escola. Ivy suspeitava que, após o fim de semana do Dia do Trabalho, este lugar secaria e seria muito mais fácil de atravessar.

As salas de concerto continuariam a atrair pessoas nos fins de semana e temporadas de caça como cervos, perus e porcos selvagens atrairiam visitantes, assim como caçadores de patos e ganso e as constantes hordas de pescadores visitando o Lago de Ozarks.

Ivy fez várias curvas erradas antes de finalmente encontrar a estrada que levava a sua cabana. Ela ficou feliz ao ver um cartaz vermelho de 'vendido' pendurado na placa da imobiliária no jardim. Ivy entrou no caminho de cascalho para encontrá-lo lamacento por causa das recentes chuvas fortes na área.

O jardim havia sido aparado, mas não varrido, e grossas fileiras de grama marrom atravessavam o quintal. Acrescentando um ancinho à sua lista mental de necessidades, Ivy saiu do carro e deu a volta na cabana algumas vezes antes de subir na varanda sombreada. Ela sentou-se no balanço da varanda e apreciou a brisa que soprava do campo além da cabana.

Ivy se perguntou sobre as pessoas que viveram aqui antes. Tinha sido um casal? Tinham filhos? Que tipo de vida viveram aqui? Ivy podia ver sinais de um grande jardim nos fundos e os restos de plantas com flores mortas revestiam o passadiço e a frente da longa varanda.

Sebes de rosas revestia os limites da propriedade a leste e oeste. Ivy fechou os olhos e se imaginou sentada aqui com seu laptop sobre os joelhos, escrevendo com o perfume de rosas e grama recém-cortada em seu nariz.

Viver aqui seria uma alegria e havia espaço para sua família visitar. Ela pensou em colocar duas camas de solteiro no segundo quarto e encontrar um belo sofá-cama para a sala de estar. Ivy pensou nas antiguidades caras de Carl. Ela fez outra anotação mental para procurar antiquários na área e fazer uma lista de tudo que ela poderia querer ou precisar. Pela primeira vez na vida, Ivy poderia entrar em uma loja e não se preocupar em não ter dinheiro suficiente para comprar o que gostaria de ter. Ela sorriu com satisfação para si mesma.

Ivy reposicionou seu bumbum no balanço de madeira. O próximo item em sua lista seria uma almofada grossa para esse balanço. Ela pretendia passar um bom tempo aqui e queria ficar confortável. Ivy respirou fundo o ar limpo e úmido. Este lugar tinha tanto potencial e ela planejava torná-lo seu, cheio de antiguidades do campo e móveis confortáveis. Ela perguntaria ao Sr. Powell sobre lojas de móveis e afins na área após a assinatura do contrato amanhã.

Uma velha caminhonete passou, diminuiu a velocidade até parar e começou a recuar. Uma mulher da idade de Ivy parou na entrada e desceu. Seu cabelo curto e encaracolado era grisalho. Ela usava jeans, uma camiseta desleixada coberta com uma camisa xadrez de algodão solta e tênis de couro branco.

"Olá. Você é a pessoa que está comprando este lugar?" Ela caminhou com um propósito firme para se juntar a Ivy na varanda. Ela estendeu a mão áspera. "Peggy Martin. Meu marido e eu somos donos da propriedade logo estrada acima a partir daqui." Ela apontou para o oeste, onde Ivy podia ver o telhado azul de uma casa além das árvores ao longo da estrada.

Ivy agarrou a mão estendida da mulher. "Ivy Chandler, e sim, acabei de comprar este lugar."

"É um bom lugar. Minha prima Cindy e seu marido a construíram há cerca de vinte anos. O marido dela a colocou à venda depois que ela faleceu de câncer no ano passado."

Ivy sentou-se e fez um gesto para que Peggy se

juntasse a ela. "Sinto muito pela sua perda. O que você pode me dizer sobre o lugar?"

"Você planeja morar aqui ou vai usá-la como aluguel por temporada? Cindy teria gostado de ver um residente regular em vez de caçadores bêbados e universitários festejando e fazendo palhaçada. O marido dela se mudou agora e não poderia se importar menos, desde que receba o dinheiro da venda para pagar seu caminhão idiota."

"Vou morar aqui a maior parte do tempo. Tenho uma casa em Phoenix, então talvez volte para lá durante os invernos. Ainda não decidi."

"Isso é bom. Eu e meu marido estivemos naquela fazenda toda a nossa vida. Ele nasceu lá e herdou-a do pai quando o velho morreu. Eu tinha dezessete anos quando nos casamos e nos mudamos para lá com ele e seus pais." Ela balançou a cabeça e esfregou as mãos nas coxas. "Você é casada ou vai morar aqui sozinha?"

"Sou solteira. Tentei o casamento três vezes, mas não combinou comigo." Ivy riu. "Tenho três filhos, e é mais do que provável que meus filhos virão de Indiana para visitar durante as temporadas de caça ou para pescar. Os netos também gostam de praticar boia-cross."

"Isso é um grande feito por aqui." Ela se levantou. "Bem, bem-vinda ao bairro, Ivy, prazer em conhecê-la. Você frequenta a igreja? Pertencemos à Igreja Batista Oak Glen, se você quiser se juntar a nós aos domingos."

"Provavelmente estarei ocupada me instalando aqui por um tempo, e não sou muito de ir à igreja, mas obrigada pela oferta." Ivy viu o rosto da mulher entristecer. "Peggy, você poderia recomendar uma loja de móveis e um antiquário na área? Preciso mobiliar este lugar."

"A maioria das pessoas dirige até Springfield para comprar móveis novos, mas a Mayer's é a loja de móveis local onde a maioria de nós compra. Há um punhado de antiquários por aí. Aquele lugar na Route 10 é bastante popular. Cindy fazia muitas das suas compras lá. Acho que eles a chamam de Found Again ou alguma besteira assim. É apenas um punhado de lixo usado caríssimo que nossos pais e avós jogaram fora anos atrás." Ela riu nervosa.

"Obrigada, Peggy, vou dar uma olhada nelas."

"A maioria de nós faz suas compras de supermercado no IGA da cidade, mas muitas pessoas estão usando o Wal-Mart agora que eles expandiram e acrescentaram uma seção de mercearia. Há também uma feira no centro às sextas-feiras."

"Isso é ótimo. Com certeza irei à feira." Isso fez Peggy sorrir.

"Eles nos exploram por causa do aluguel do espaço, mas é uma boa maneira de se livrar de produtos que não podemos armazenar."

"Notei que há um grande jardim e uma estufa nos fundos."

"Cindy tinha um verdadeiro dedo verde," Peggy

disse com um sorriso triste, balançando a cabeça. "Aquela mulher pegava as mudas que a loja de ração iria jogar fora e cuidaria delas até que voltassem a ser as plantas mais saudáveis que você gostaria de ver. Ela também tinha um galinheiro lá atrás, mas *ele* o vendeu e as galinhas logo depois que Cindy morreu." Ela suspirou. "Cindy amava aqueles malditos pássaros, e os ovos frescos eram ótimos. Às vezes, ela levaria os extras para a feira." Peggy caminhou de volta para a caminhonete, subiu nela e deu ré, acenando, para sair do caminho de acesso à casa.

Após ver a velha caminhonete desaparecer na curva arborizada, Ivy caminhou até a parte de trás da cabana e encontrou o ponto ralo na grama onde o galinheiro deveria ficar. Buracos perfuravam o solo onde os postes da cerca fixados em concreto haviam sido escavados. Tinha sido um galinheiro grande. Ivy se lembrava de colher ovos frescos em sua fazenda em Indiana quando criança. Talvez um galinheiro fosse bom. Ela teria que dar uma olhada na loja de ração local ou na loja de suprimentos agrícolas. Ivy se perguntou se seria capaz de se lembrar de tudo isso mais tarde sem anotar tudo.

Enquanto Ivy voltava para a cidade, começou a garoar. Ivy ligou os limpadores de para-brisa e voltou para o hotel. Quando uma placa no acostamento marcava a saída para a Rota 10, ela a pegou. Cerca de nove quilômetros estrada acima, um gigantesco edifício de metal com uma placa anunciava o Antiquário Found Again. Ivy olhou para o relógio no painel. Marcava 13:15h. A loja certamente deveria estar aberta. Ela viu apenas três veículos no estacionamento e estacionou ao lado de um furgão com o logotipo da loja na lateral. Ivy saiu e entrou no enorme edifício de metal. Um velho enrugado e careca a cumprimentou do balcão.

"Boa tarde senhora. Como posso ajudá-la hoje?" Ele sorriu para ela com dentes amarelados e olhos lacrimejantes de anos avançados.

"Oi," Ivy cumprimentou de volta. "Acabei de comprar uma cabana aqui e preciso mobiliá-la." Ivy olhou ao redor do prédio cheio até as vigas com antiguidades e outros itens domésticos descartados. A loja era paradisíaca, mas fazer compras sozinha não era divertido. Ela desejou que Carl estivesse aqui com ela. Ele tinha um olho para qualidade, e Ivy tinha certeza de que eles poderiam passar horas felizes juntos em um lugar como este.

"Sou Humphry. Você está procurando mobiliar algum cômodo em particular?"

"Preciso mobiliar todos eles." Ivy riu. "Preciso de uma mesa de jantar, coisas para a sala de estar e para dois quartos."

"Você está planejando decorar em algum estilo específico?"

"Campestre chique ao vitoriano do século XIX."

"Qual cabana você comprou? Tem havido

várias no mercado ultimamente," o velho perguntou enquanto caminhava ao redor do balcão sentindo que obteria uma venda grande.

"A cabana de dois quartos na County Road 410 East." Ivy admirou uma lamparina de vidro roxo jateado que tinha sido convertida de óleo para uso elétrico. Ela olhou para a etiqueta que dizia oitenta e cinco dólares. "Vou levar essa," Ivy disse, sabendo que o preço era justo se a conversão elétrica realmente funcionasse.

"É a casa de Cindy Wingate, não é?" Ele pegou a lamparina de vidro frágil, mas pesado, e caminhou com cuidado até o balcão. "Cindy era uma das minhas melhores clientes. Seu marido odiava antiguidades, mas ele amava aquela mulher, que Deus tenha sua doce alma e permitia que ela tivesse o que quisesse. Aquele fogão convertido ainda está na cozinha dela?"

"O marido dela vendia a maioria de suas coisas, mas ela voltaria e iria assediá-lo se ele tirasse aquilo da casa. Cindy gastou uma fortuna restaurando e equipando novamente aquele fogão para funcionar na cozinha daquela cabana. Também parecia excelente quando ela terminou com ele."

"Ainda está lá e parece absolutamente perfeito," Ivy disse enquanto voltavam para uma seção que era de itens de cozinha e sala de jantar. Ele a conduziu até uma mesa redonda de carvalho de pedestal com quatro cadeiras Windsor de encosto arredondado. Ivy olhou para os outros itens em exibição na área.

Ela foi diretamente até um armário de carvalho para tortas com uma fileira de pequenas gavetas sob as portas, protegidas com tela de galinheiro em vez de vidro. Ela puxou uma maçaneta de cerâmica abaixo do topo do balcão e ficou satisfeita ao descobrir que a cesta galvanizada de farinha original ainda estava intacta. A mãe de Ivy tinha um igual a este que ela encontrou em uma venda de garagem. Tinha sido pintado de azul, e Ivy se lembrava de sua mãe trabalhando por horas raspando camada após camada de outras cores de tinta até chegar ao carvalho dourado como mel.

Ivy olhou para a etiqueta que dizia duzentos e setenta e cinco dólares. A etiqueta em uma das cadeiras de carvalho dizia que as cinco peças custavam quinhentos e cinquenta.

“Vou levar o conjunto de jantar e o armário para tortas,” Ivy disse ao velho sorridente.

“Cindy teria adorado todas essas peças,” ele disse enquanto pegava uma caneta vermelha e marcava as etiquetas como vendidas.

Eles caminharam por alguns outros corredores até que chegaram a uma coleção de móveis de quarto. Um guarda-roupa alto chamou a atenção de Ivy. Alguém o pintou de branco para lhe dar um ar de dilapidado chique com buquês de rosas em tons pastel estampados nas formas ovaladas esculpidas nas portas altas. Ela abriu o guarda-roupa. Eles também haviam pintado o interior de branco e colocaram espelhos altos firmemente no interior das portas. Ivy revirou os olhos para a etiqueta de quatrocentos dólares, mas não desconsiderou completamente a bela peça. O homem havia enchido a área com itens chiques e dilapidados, e Ivy podia ver um quarto decorado com isso e enfeitado com rosas de repolho em tons de rosa.

"Pintar essas coisas não deveria diminuir o valor das antiguidades?" Ivy perguntou a Humphry, que estava reorganizando as peças de vidro em cima de uma escrivaninha com um espelho com adornos esculpidos. A pessoa responsável pelo novo design havia pintado as rosas esculpidas na moldura em vários tons de rosa e a folhagem ao redor de verdes suaves.

"Se não for carvalho ou mogno, o valor não diminui muito, e essa coisa chique e dilapidada atrai os Yuppies que assistem àqueles programas de decoração na HGTV," ele disse e riu.

Ivy odiava admitir, mas também a atraía. Havia algo simplesmente feminino nisso.

"Qual é o tamanho desta cama?" Ivy perguntou sobre uma cabeceira de latão brilhantemente polido e o pé da cama apoiado contra uma parede.

"Não é uma antiguidade," Humphry admitiu, "e acho que é uma queen. Eu a coloquei aqui porque fica bem com a coisa branca."

Ivy mordeu o lábio e olhou em volta.

"Humphry, me dê um preço por tudo isso." Ela moveu a mão pelo arranjo para incluir o guarda-roupa, a cômoda com seu espelho pintado, duas mesinhas de cabeceira, uma cadeira de balanço e a cama de latão. "Também quero as topiárias naquela cômoda e a colcha de chenile rosa estendida sobre a cadeira de balanço."

"Oh, meu Deus. Você vai fazer minha semana, minha jovem." Ele deu-lhe um preço de oitocentos, mas Ivy o convenceu a seiscentos, já que ela ainda teria que comprar um colchão e um estrado de molas para a cama.

No momento em que Ivy passou seu Mastercard, ela tinha mobília para cada cômodo e tinha acumulado uma conta de quase dois mil dólares. Ela havia encontrado um conjunto de camas de solteiro, uma mesinha de cabeceira e uma cômoda alta para o quarto de hóspedes, uma mesa de centro e mesinhas de canto para a sala de estar, um belo conjunto de porcelana completo com serviço de chá, vários abajures e uma cabeça de veado gigante com olhos de vidro marrom brilhante para colocar sobre a lareira.

Toda casa respeitável do século XIX tinha uma coisa morta pendurada na parede ou colocada em uma mesa em algum lugar. Um conjunto robusto de mobília de vime completava suas compras, e ficaria lindo instalado na extremidade oposta do balanço da varanda, e almofadas combinando harmonizariam tudo.

Uma viagem à cidade para encontrar um belo sofá-cama junto com colchões seria sua compra final de móveis por enquanto. Carrie teria um ataque por ter gastado tanto dinheiro, mas precisava ter móveis. Humphry também havia lhe dado o nome e o endereço de uma mulher local que fazia tapetes trançados. Esses seriam perfeitos para concluir o visual que Ivy esperava alcançar.

13

Ivy chegou ao escritório de Norman Powell pontualmente às nove e meia. Ele não chegou até nove e quarenta e cinco. Sua secretária pediu desculpas e a levou para uma pequena sala com uma mesa redonda, cadeiras e um bebedouro.

“Sr. Powell estará aqui em um minuto. Eu o informei que você já está aqui. Temos que esperar que o Sr. Wingate também assine sua parte.”

Ivy reconheceu o Sr. Wingate como o nome do vendedor. Ela endireitou seu novo terno de linho rosa. Seus novos sapatos cor de rosa beliscavam seus dedos e não havia nada que Ivy quisesse fazer do que tirá-los debaixo da mesa. Em vez disso, ela se levantou e foi até o bebedouro para um copo de água gelada. Enquanto observava a água fluir da máquina, a porta se abriu e a secretária entrou com um homem grande que usava uma calça Dockers marrom e uma camisa xadrez de algodão de mangas curtas. Seus olhos se encontraram e reconhecimento trouxe sorrisos a ambos os rostos.

"Ivy Chandler de Phoenix?" Ele perguntou com um largo sorriso em seu rosto bonito enquanto estendia a mão grande. "Você é a pessoa que está comprando minha casa?"

"Caminhoneiro Dan?" Ivy retribuiu o sorriso e permitiu que sua mão fosse engolida pela dele. "Pensei que você disse que era de Victorville, Califórnia."

Ele soltou a mão dela e se juntou a Ivy na mesa. "Sou agora. Meu irmão mora lá e, depois que Cindy morreu, saí para torná-la minha base de operações para o negócio de caminhões."

"Sinto muito por sua perda," Ivy disse e tomou um gole de água. "Conheci algumas pessoas pela cidade, e ela era muito querida."

"Sim," ele sorriu com tristeza, "ela era um docinho. Todos amavam minha Cindy."

"Parei na cabana ontem para dar uma olhada, e a prima dela, Peggy, passou para dizer olá."

"Cuidado com aquela," Dan avisou severamente. "Se você não a seguir até aquela igreja dela, ela caluniará seu nome por toda a cidade."

Ivy riu. "Dan, eu escrevo romances eróticos para viver. Duvido que seria bem-vinda em qualquer igreja, mesmo se estivesse inclinada a isso. Ela já me convidou e eu recusei respeitosamente."

Dan revirou os olhos. "Ela é uma vadia

rancorosa. Eu a aconselharia a ficar longe dela e de seu marido idiota, que age como se ela tivesse um freio na sua boca e a segue como um cachorrinho castigado com o rabo entre as pernas. Se Peggy disser, pule Warren grita, 'Quão alto, querida?' E nem me lembre da sua casa cheia de pirralhos. Cindy cuidou deles por anos de graça e Peggy tinha uma longa lista de regras sobre como tínhamos que tratá-los."

Dan se levantou e pegou um copo d'água. "Fiquei feliz quando eles cresceram o suficiente para se defenderem sozinhos. Felizmente, Peggy e Warren os colocaram em tratores na época em que completaram 12 anos e foram trabalhar em tempo integral na fazenda."

"Duvido que ela irá voltar, já que recusei seu convite para a igreja."

O Sr. Powell entrou, desculpando-se por seu atraso. Eles passaram os próximos quarenta e cinco minutos assinando papéis, fazendo cópias e revisando diferentes aspectos do contrato de venda. O Sr. Powell queria ter certeza de que Ivy entendia que, se houvesse qualquer problema com a propriedade, ela não poderia voltar atrás porque optou por não fazer uma inspeção e estava comprando a propriedade no estado em que se encontrava.

"Deixei os papéis da garantia do telhado, da bomba do poço e de todos os eletrodomésticos, exceto daquele fogão idiota, em uma gaveta na cozinha," Dan disse. "Aquele telhado tem uma garantia vitalícia. Foi por isso que o compramos."

"Obrigado, Dan, vou dar uma olhada em tudo e guardar. Existe alguma coisa que você acha que eu deveria saber sobre o lugar?" Ivy perguntou e colocou a caneta de volta na bolsa. A secretária de Powell trouxe cópias dos papéis em uma pasta de papel manilha. Ela se levantou e ofereceu a mão a Powell. "Obrigada, Sr. Powell, por facilitar esta transação em um prazo tão em cima da hora. Foi muito rápido e fácil."

"O prazer foi meu, Sra. Chandler." Ele pegou a mão dela e apertou-a vigorosamente. "Se houver mais alguma coisa que eu possa fazer por você, é só me avisar. Penny grampeou meu cartão na pasta." Ele abriu a porta e segurou-a para conduzi-los para fora. Ivy pensou que ele devia ter mais negócios esperando.

Dan deu um passo para o lado para que ela passasse e Ivy recebeu uma lufada de seu cheiro viril. Seu corpo grande e forte a excitava. Ela não podia negar isso. Ele a deteve com uma mão insistente em seu ombro e Ivy notou que ele ainda usava usa aliança. "Agora que todo esse negócio acabou, por que você não me deixa pagar um almoço para você, e depois podemos correr até a cabana, e eu posso lhe mostrar o lugar e lhe dar os detalhes sobre como acender os queimadores a gás e ligar a bomba no poço."

Ivy sorriu para ele enquanto saíam para o

corredor estreito e em direção à frente do escritório. "Isso seria ótimo, mas preciso estar na casa às duas porque o homem da loja de antiguidades vai entregar algumas coisas que comprei ontem."

"Humphry?" Dan perguntou com uma careta. "Aquele rato velho sabe como as coisas funcionam. Ele vendeu a Cindy uma tonelada do seu lixo velho ao longo dos anos."

"Assim ele me disse. Ele gostava muito dela."

"Ele gostava muito do dinheiro dela." Dan fez uma careta.

"Humphry disse que você não ligava muito para antiguidades." Ivy riu alegremente enquanto caminhavam juntos com uma indiferença casual para o saguão. Dan colocou a mão na parte inferior das suas costas e abriu a porta que conduzia para fora do escritório de Powell.

"Ivy?" Uma voz familiar chamou e Ivy olhou para ver Carl Anderson de pé. Ao lado dele, sentada reta em uma das estreitas cadeiras estofadas de tweed, estava Judith Merriman vestida com um elegante terno Prada azul com uma bolsa de grife no colo. "O que você está fazendo aqui, Ivy?"

"Olá, Carl." Ivy olhou para ele, irritada. Ela não tinha tido notícias dele desde a ligação durante sua viagem pelo Novo México.

"Se você precisa saber, acabei de assinar os papéis para aquela adorável cabana que demos uma olhada." Dan tirou as mãos das costas dela, mas Ivy se inclinou para ele tanto por apoio quanto para irritar Carl. Dan retornou a mão. "Sr. Powell entrou em contato comigo quando você não retornou suas ligações. Eu tinha acabado de assinar o contrato do livro, então fiz uma oferta para ele pelo lugar. Você não parecia mais interessado."

"Ele me disse que foi vendida."

"Está agora," Ivy respondeu secamente. "Ele me disse que deixou várias mensagens sobre a outra venda que não deu certo, e você nunca mais ligou para ele sobre isso. Nós dois finalmente presumimos que você não estava mais interessado, então eu fiz uma oferta e comprei a cabana." Carl olhava friamente para Dan, parado ao lado de Ivy com a mão em suas costas. "Este é Dan Wingate, Carl, o proprietário anterior," Ivy disse quando Carl não parava de olhar furiosamente para o homem. "Ele está me levando de volta ao local para me mostrar como acender os queimadores a gás e tal."

Judith Merriman se levantou e pigarreou ao lado de Carl. Ela pegou a mão dele de maneira discreta e Ivy sabia que era estritamente para seu benefício.

"Ivy, esta é Judith Merriman. Ela decidiu subscrever este projeto aqui em Branson comigo."

Ivy estendeu a mão para a mulher. "Claro, sua amiga investidora imobiliária. Sou Ivy Chandler." Ivy tentou parecer presunçosa e indiferente. Com sua cabeça girando e seu coração partido, ela não tinha certeza se conseguiria.

Dan esfregou suavemente a parte inferior das

suas costas e empurrou Ivy um pouco em direção à porta aberta. "É melhor irmos, Ivy, se vamos almoçar e voltar para casa a tempo de encontrar Humphry com sua mobília." Dan fez a declaração para inferir familiaridade.

"Você está absolutamente certo, Dan." Ivy olhou para trás para ver um Carl confuso e deu-lhe um dos seus sorrisos mais doces. "Precisamos ir. Minha mobília será entre hoje à tarde. Prazer em conhecê-la, Sra. Merriman." Ivy também sorriu de maneira doce para ela também. "Boa sorte com seus condomínios, Carl."

Ivy deixou Dan conduzi-la porta afora. Ele foi com ela até o Lexus. "Podemos levar meu carro," Ivy disse com a voz trêmula. "Preciso voltar à cidade para comprar alguns colchões de qualquer maneira." Ivy entregou as chaves ao bonito caminhonciro. "Você pode dirigir. Você conhece a cidade melhor do que eu."

Dan pegou as chaves de sua mão trêmula e apertou o botão que destrancava a porta e ligou o carro. Ivy olhou para cima para ver Carl observando-os atentamente da janela. Ela sorriu para Dan enquanto caminhava casualmente pela frente do carro e abria a porta do passageiro. Ivy se jogou no assento e levantou as pernas, que a deixaram instável e prestes a deixá-la cair. Ela lutou contra as lágrimas enquanto observava Carl e Judith caminharem de mãos dadas atrás de

Norman Powell em direção à parte de trás do escritório.

"Aquele velho é alguém especial para você?" Dan perguntou enquanto tirava o carro dela do estacionamento.

"Ele não é tão velho," Ivy disse em defesa de Carl. "Ele é apenas alguns anos mais velho do que eu e provavelmente do que você."

"Neve na montanha, mas fogo lá embaixo?" Dan deu uma risadinha.

"Algo assim. Carl e eu éramos amigos. Podemos deixar por isso mesmo." Ivy tirou um lenço de papel da bolsa, enxugou os olhos e assoou o nariz.

"Não parece assim para mim. Quem é a loira? Ela certamente estava lançando adagas com os olhos na sua direção."

"Ele diz que ela é uma amiga e sócia de negócios, mas acho que é mais do que isso."

"Ela com certeza acredita que é. Isso com certeza." Dan estacionou o Lexus em frente a um prédio de blocos com uma janela ampla e alta exibindo móveis. "Você pode muito bem pegar esses colchões antes de almoçarmos. Não acho que você esteja com vontade de comer agora de qualquer maneira. Parece que você precisa de uma terapia de varejo séria." Eles saíram do carro e Dan apertou o botão do chaveiro que o trancava.

Dan pegou a mão dela quando eles entraram na loja de móveis, e o cheiro acre de móveis novos e cera para piso agrediu o nariz de Ivy. Um vendedor de jaqueta vermelha se aproximou e ofereceu seus serviços. Ele reconheceu Dan, e eles começaram a conversar sobre sua caminhonete e suas viagens desde que deixou Branson.

"Mark, esta é Ivy Chandler e ela acabou de comprar minha casa. Ela comprou algumas daquelas porcarias velhas do Humphry e precisa de colchões novos."

"Prazer em conhecê-la, Sra. Chandler." Ele ofereceu a mão, mas largou a dela rapidamente como se sentisse alguma urgência. "Se você me seguir, os colchões estão aqui atrás. Qual é o tamanho de que você precisa?"

"Preciso de uma queen e duas camas de solteiros. Eu gostaria de pillow tops, se você os tivesse. Preciso também de um bom sofá-cama." Eles caminharam até os fundos da loja, e Ivy ficou emocionada ao descobrir que a Mayer's também oferecia uma seção da loja com uma seleção de roupas de cama, banho e cozinha.

Depois que ela escolheu três colchões com pillow top, Dan a seguiu pelos corredores de roupa de cama, onde Ivy encontrou lençóis, travesseiros e conjuntos de roupa de cama para todas as camas. Ela também pegou toalhas, toalhas de rosto e peças de decoração para o banheiro e a cozinha. Ivy teve que admitir que gostava de fazer compras sem a restrição de se preocupar com os preços. Dan estava certo. Terapia de varejo era exatamente o que ela precisava. Ela não exagerou, no entanto, e só comprou o essencial para tornar a casa funcional e confortável.

"Dan, por acaso você saberia as medidas da janela da cabana?" Ivy perguntou quando eles passaram por uma gôndola de cortinas.

"Não sei, mas Mark aqui pode ser capaz de dar uma olhada nisso. Cindy comprou todas as cortinas aqui."

Mark procurou em seu computador e, durante a hora seguinte, Ivy selecionou cortinas para todos os cômodos, um sofá-cama e uma poltrona com adornos combinando. O sofá de veludo marrom extralongo tinha um colchão excepcionalmente grosso para um sofá-cama e se transformava em uma cama queen-size. A poltrona decorada com braços que se curvavam para fora do assento foi estofada com uma estampa de flor de lis marrom e azul-petróleo junto com um pufe combinando. O conjunto era um pouco moderno para o seu gosto, mas Ivy achou que ficaria bem na cabana com as mesas de carvalho e as prateleiras que comprou de Humphry.

Ivy escolheu cortinas azul-petróleo para realçar a cadeira e cortinas transparentes de renda manchadas de café. Ela escolheu varões de cortina de ferro preto para todas as janelas da cabana. Animada para ver as coisas instaladas na cabana, Ivy correu para o balcão para pagar suas compras.

"Meu Deus, mulher," Dan ofegou quando Mark lhe deu a conta, que ela pagou com seu Mastercard, "essa merda de romance erótico deve pagar muito bem."

"Sexo vende," Ivy disse com uma risadinha enquanto assinava o recibo. Talvez ela explicasse as coisas para ele mais tarde, mas por enquanto, Ivy pensou que o deixaria continuar pensando que sua escrita erótica sexy pagava por tudo e não a ficção histórica pela qual ela havia assinado o contrato de publicação.

14

Eles voltaram para o carro dela e Dan parou no banco para depositar o cheque da venda da cabana. Eles encontraram uma churrascaria e Dan comprou sanduíches, batatas fritas e uma embalagem com seis Buds para levar para a cabana. Eles chegaram antes das duas e almoçaram sentados um ao lado do outro no balanço da varanda. Enquanto comiam e saboreavam uma cerveja, Peggy os viu e puxou a caminhonete para a entrada da garagem.

"Oh, merda," Dan resmungou ao ver as costas largas de Peggy saindo da caminhonete. "Aí vem a cadela gorda do Inferno." Ele bebeu sua cerveja e abriu outra.

Peggy caminhou a passos largos até a varanda encarando os dois comendo juntos no balanço. "O que você está fazendo aqui bebendo com esta mulher, Dan Wingate? Cindy mal esfriou em seu túmulo e você está sentado aqui compartilhando álcool com esta mulher ímpia. Sei que minha doce Cindy ficaria tão envergonhada." Peggy ferveu de raiva.

"Peggy, estou aqui apenas para mostrar a Sra. Chandler como acender os queimadores e preparar a bomba para o poço. Fizemos a venda e pegamos um pouco de comida enquanto esperamos Humphry e Mayer's entregar seus móveis." Ele tomou um longo gole de sua cerveja.

"Cindy queria que eu continuasse com minha vida depois que ela faleceu, se for da sua maldita conta, Peggy." Ele se levantou e apontou para a mulher corpulenta e grisalha. "Eu não podia dizer isso enquanto Cindy estava viva — só Deus sabe por que, mas ela te amava — e eu realmente não deveria dizer isso agora porque a cabana não é mais minha," ele apontou o dedo repetidamente para a mulher de repente trêmula e levantou a voz, "mas dê o fora desta maldita propriedade, sua vadia tagarela e intrometida."

Peggy ofegou. "Oh, meu Deus. Você é um animal bêbado e mulherengo, Dan Wingate." Ela apontou um dedo acusador para Ivy. "E você sabe para que tipo de mulher você vendeu a casa de Cindy? Eu a pesquisei online." Ela olhou de volta para Dan com cara feia. "Ela escreve uma porcaria de ficção barata. Você sabia disso? Cindy, sem dúvida, está rolando em seu túmulo por ter tanta sujeira se mudando para sua preciosa casa."

"Cale a boca, Peggy," Dan respondeu. "Você sabe muito bem que Cindy não comprava e não lia nada além daquela imundície inútil, porque ela sempre passava tudo para você quando terminava."

Peggy respirou fundo, deu meia-volta e saiu pisando duro de volta para a caminhonete, recitando em voz alta o salmo 23.

"Sou autora de uma porcaria de ficção barata. Eu admito, mas," Ivy riu, "não um demônio que precisa ser exorcizado com Água Benta e o Pai Nosso."

"É melhor você pendurar pés de galinha ao redor da propriedade para manter *aquela* bruxa maligna longe." Dan riu e terminou sua cerveja enquanto Humphry se aproximava em seu furgão.

"Dan Wingate." Humphry sorriu e estendeu a mão. "É tão bom ver você. Espero que você esteja aqui para nos ajudar a descarregar as compras da Sra. Ivy, embora eu saiba que você não gosta muito de antiguidades. Mas tenho que lhe dizer que a Sra. Cindy teria adorado tudo voltando para sua casinha."

Ivy ficou irritada que todos ainda se referissem a esta como a casa de Cindy. Talvez depois que ela a mobiliasse e decorasse, as pessoas passassem a vê-la como a casa de Ivy Chandler.

Durante a hora seguinte, Dan, Humphry, o

neto de Humphry e Ivy carregaram as antiguidades para dentro. As coisas foram empilhadas em seus cômodos apropriados para Ivy organizar a seu bel-prazer mais tarde. Dan certificou-se de que as camas fossem montadas para que os colchões pudessem ser instalados quando chegassem. O caminhão da Mayer's chegou quando Humphry recuava para sair da entrada da garagem.

As peças grandes vieram primeiro, depois as sacolas com as roupas de cama e acessórios. Ivy olhou para o sofá e a cadeira, as lamparinas antigas descansando nas mesinhas de canto, as caixas de porcelana na mesa de jantar de carvalho e a cabeça de veado empalhada encostada na lareira. Ela mal podia esperar para começar a organizar as coisas. De seu carro, Ivy pegou as malas que havia colocado nele naquela manhã do seu quarto de hotel e as levou para a cabana.

"Você está pronto para voltar para a cidade?" Ivy perguntou a Dan depois que os homens da Mayer's partiram em seu caminhão de entrega.

"Você não precisa de ajuda para arrumar toda essa merda? Apenas me diga onde você quer e eu o moverei para você." Ele olhou de relance ao redor da grande sala de estar, agora cheia do que ele considerava lixo. Ele pegou o feixe de varões da cortina e começou a cortar a fita plástica que os mantinha unidos. "Se você tiver uma chave de fenda, vou pendurá-los para você."

Ivy jogou a chave do carro para ele mais uma vez. “Há um kit de ferramentas no porta-malas.”

“Considere-o feito.” Ele saiu para a varanda e Ivy carregou os sacos de roupa de cama para o seu quarto. Ela começou a separar a roupa de cama e movê-la para os respectivos quartos. Ivy arrumou as duas camas de solteiro no quarto de hóspedes e, em seguida, voltou para seu quarto.

Ela arrancou o plástico dos caros lençóis cor de rosa de algodão egípcio com seus delicados bordados arredondados na borda superior. Quando ela os colocou no colchão com pillow top grosso, o lençol de cima ficou pendurado logo acima da borda da saia branca para cama com babado. Ivy pegou a colcha de chenile dobrada e pendurou-a no encosto da cadeira de balanço que estava no canto. Ela deu um passo para trás para admirar a mobília chique e dilapidada, seu brilho esbranquiçado em contraste com as toras nuas da parede externa.

Cindy havia pintado as paredes de gesso Sheetrock de um tom pálido de verde salva e isso destacou os móveis com acabamento falso. Uma cor que Ivy teria escolhido; ela começou a apreciar o gosto de Cindy Wingate. Talvez ela também continuasse a pensar nessa como a casa de Cindy por mais algum tempo.

Com as camas feitas e Dan de volta no interior da casa, aparafusando o varão de cortinas nas paredes, Ivy levou toalhas para o banheiro. Uma porta se abria do quarto de Ivy, assim como da sala de estar, para o único banheiro da cabana. Ela empilhou os acessórios com aspecto de ferro preto no balcão entre as pias duplas.

"Dan, você se importaria de tirar essas barras de toalha velhas e substituí-las por essas novas?"

Dan enfiou a cabeça no banheiro. "Claro, sem problemas." Ele sorriu para ela com a chave de fenda na mão. "Quase parece que vou casar de novo."

Ela olhou para ele, atordoada por um momento. "Sinto muito, Dan. Se isso o faz se sentir estranho, vou levá-lo de volta à cidade agora." O rosto de Ivy ficou vermelho de vergonha, constrangida por sua falta de consideração. "Eu deveria ter considerado como isso deve estar te machucando, estar de volta à casa dela, colocando varões de cortina e outras coisas para outra mulher."

"De jeito nenhum." Dan pegou a mão dela. "Esta é provavelmente a melhor terapia que eu poderia ter pedido. Cindy se foi, e colocar as coisas aqui para você meio que me dá um encerramento ou algo assim." Ele se virou e voltou para os varões da cortina.

Do banheiro, Ivy foi para a cozinha, onde começou a retirar o jornal que protegia a delicada porcelana inglesa. A maioria dos armários superiores tinha painéis de vidro transparente nas portas, e ela organizou os pratos coloridos em uma exibição atraente. Organizar o serviço de chá com seu açucareiro, creme, xícaras e pires delicados deu-lhe um prazer especial. Ela se sentia como uma garotinha brincando de dar uma festa do chá chique, e isso a fez sorrir. Ivy pendurou panos de prato sobre o puxador do forno. Ela acrescentou uma chaleira de metal sobre o fogão antigo reaproveitado, não para uso, mas como uma peça decorativa.

No centro da mesa redonda de carvalho, Ivy estendeu uma toalhinha de crochê e posicionou uma grande tigela de cerâmica e um jarro. Não chegavam nem perto do belo conjunto que Carl tinha em seu quarto e eram definitivamente da década de 1960, quando as reproduções coloniais eram adornos decorativos populares.

Ivy se lembrou de sua mãe ter um muito parecido em sua casa quando criança. Humphry poderia vendê-lo como uma antiguidade porque tinha mais de cinquenta anos, embora não fosse do período real representado. Contudo, era bonito e combinava com a aparência que Ivy queria alcançar em sua nova casa de campo.

Seus olhos percorreram a adorável cozinha e isso a fez sorrir. As cortinas de xadrezinho verde ainda não estavam penduradas, mas Ivy estava satisfeita com as realizações até agora. Ela ouviu Dan praguejar no outro cômodo e espiou ao redor da quina para vê-lo parado na porta do quarto de hóspedes, alternadamente balançando a mão esquerda e depois o polegar da mesma mão.

"Você está bem?" Ivy perguntou.

"Sim, estava colocado o varão aqui e consegui uma maldita farpa." Ele chupou o polegar de novo. "Eu vivia dizendo a Cindy que deveríamos colocar drywall nessas paredes externas, mas ela insistia em manter as toras visíveis. Não é prático. Elas deveriam ter sido pregadas e isoladas, mas ela alegava que isso arruinaria o apelo de ter uma cabana de toras se você não pudesse ver as toras de verdade." Ele suspirou e voltou ao seu projeto.

Ivy teve que concordar com sua antecessora, mas corou de culpa por obrigar este homem doce a relembrar a vida maravilhosa que ele teve aqui com sua falecida esposa. Será que ela estava sendo cruel ou, como ele disse, permitindo que ele encontrasse um desfecho? Ivy começou a arredar os móveis da sala de estar no piso de tábuas, com cuidado para não arranhar a madeira primorosamente polida. Quando tinha as mesas onde queria, Ivy reorganizou as lamparinas, ligando aquelas que haviam sido convertidas para eletricidade nas tomadas da parede.

A companhia de energia ligou a eletricidade em algum momento naquela manhã. Tendo ido à concessionária local no dia anterior e pago o depósito, ela pediu que a eletricidade fosse religada o mais rápido possível. Ela ficou aliviada ao descobrir que o medidor ainda estava na casa, então não haveria necessidade de uma inspeção da parte do condado. Quando eles chegaram após a assinatura do contrato,

Dan e Ivy notaram a luz na varanda brilhando e as pás do ventilador de teto girando lentamente.

Dan foi até a casa do poço, ligou a bomba e lhe mostrou como despejar água no topo para prepará-la. Ela foi até a cabana fechar todas as torneiras assim que a água começou a correr pelos canos drenados.

Dan girou a válvula do grande tanque de propano atrás da casa para permitir que o gás fluísse e entrou para mostrar a Ivy como acender os queimadores da fornalha a gás, do aquecedor de água e do fogão da cozinha. Ela ficou feliz ao descobrir que a lareira queimava apenas madeira, e Dan lhe mostrou como trabalhar o abafador para que a cabana não se enchesse de fumaça.

Ivy o observou entrar em seu quarto com a chave de fenda. Ela estava ansiosa para pendurar os longos painéis de renda sobre a janela, com vista para a sebe verde, cheia de rosas brancas de cinco pétalas. Ela tinha aberto a janela, esperando que o cheiro delas enchesse o quarto.

"Você vai pendurar esse varão perto do teto? Comprei cortinas extralongas para dar a ilusão de uma janela francesa alta aqui."

Dan fez uma careta de frustração fingida. "Sim, senhora. Deixe-me pegar uma cadeira da cozinha para subir nela e espero não quebrar o lixo velho de Humphry com meu peso." Ele jogou a chave de fenda na cama e passou por Ivy, roçando seu ombro nu. Seu cheiro de homem a excitou e seus olhos seguiram seu traseiro bem torneado quando ele saiu do quarto.

Controle-se, Chandler. Ele deve se sentir muito estranho por estar na casa de sua esposa com outra mulher. Ele não precisa lutar com uma loba velha e excitada também.

Dan voltou para o quarto, os músculos da parte superior do braço avolumando-se enquanto ele carregava a cadeira Windsor de carvalho da cozinha. Ivy pensou em Carl e como ele deve ter se esforçado para decorar seu apartamento no Arizona. Ele deve ter escalado muitas escadas ou banquinhos para organizar as coisas do jeito que tinha feito.

Eu me pergunto o que ele tinha em mente para este lugar. Tenho certeza de que ele deve ter tido algumas ideias. Imagino que nunca saberei agora.

Ivy observou o corpo lindo de Dan enquanto ele subia na cadeira, tomando cuidado para não virar enquanto subia.

"Você vai ter que me entregar a chave de fenda e os suportes. Tenho os parafusos no bolso." Ivy observou-o pegar a fita métrica e um lápis do bolso. Ele usou a fita para medir a partir da borda do teto. "Parece certo?" Ele segurou o lápis cerca de 20 centímetros abaixo do teto e 10 centímetros acima da borda do caixilho da janela.

Ivy recuou para avaliar a altura. Se a renda se amontoasse no chão, na verdade pareceria mais adequado para a época. "Isso parece ótimo. Cindy lhe ensinou bem."

Ele se virou e sorriu para ela. "Tenho que admitir que ela me ensinou. Sei tudo sobre como medir cortinas, pendurar fotos na altura dos olhos e pendurar as fotos em grupos com molduras semelhantes. Ela me ensinou muitos truques."

"Se ela leu livros como os que eu escrevo," Ivy ergueu uma sobrancelha e deu uma risadinha maliciosa, "aposto que sim."

"Oh, cara." Ele desceu para mover a cadeira para o outro lado da janela. "Aquela mulher inventava uma merda bizarra após ler alguns destes livros," ele disse e riu. "Vocês escrevem por experiência ou apenas por causa da sua imaginação?" Ivy o observou medir e marcar novamente antes de aparafusar o suporte de metal preto na parede de toras irregulares.

"Um pouquinho de ambos." Ivy empurrou a haste no bolso na parte superior das cortinas de renda. As rosas da trama tinham sido tingidas em tons de rosa e a folhagem de um verde suave, quase do mesmo tom das paredes pintadas. Ivy as escolhera porque a lembravam do espelho pintado agora pendurado sobre a cômoda antiga.

O quarto dilapidado chique pingava tons pastel. A garotinha em Ivy, que sempre quis uma daquelas camas de dossel com babados, pulou de alegria, enquanto a purista das antiguidades nela se encolheu um pouco, olhando para a confusão de estilos pintados reunidos em um único cenário.

Das rosas delicadamente estampadas nas portas molduradas do guarda-roupa alto até as topiárias florais na cômoda e as rosas nas cortinas de renda, o quarto era o quarto dos sonhos de uma garotinha. Ivy nunca gostou de unicórnios e arco-íris, mas sempre tinha sido uma tola por florais em tom pastel, renda e fitas de cetim.

Ivy entregou a Dan o varão com as cortinas penduradas e ele o colocou nos suportes. Ponteiras pretas de flor de lis evitavam que as cortinas deslizassem nas pontas. Ivy olhou ao redor do belo quarto com orgulho. Acabou saindo melhor do que ela poderia ter esperado.

Dan levou a chave de fenda para o banheiro e começou a substituir os velhos toalheiros, o porta-papel higiênico e a haste do chuveiro pelos novos pretos. Ivy pensou que poderia substituir os conjuntos de torneiras por aquelas pretas de aparência antiga que tinha visto uma vez no Home Depot. A pia de fazendeiro na cozinha ficaria ótima com uma daquelas grandes torneiras pretas de pescoço de ganso e as manípulas de porcelana com quatro pontas que ela tanto admirava. As portas dos armários na cozinha deveriam ter puxadores de porcelana para combinar com os do armário de tortas para combinar tudo.

Ivy pendurou as toalhas brancas macias nos novos toalheiros e as toalhas de mão nas argolas ao lado de cada pia. Ela deslizou a haste do chuveiro pelo bolso de uma cortina que combinava com as cortinas de seu quarto. Ela não tinha certeza sobre fazer o banheiro muito feminino, mas que diabos. Era a casa dela. Se ela gostava e queria feminino, que assim seja.

"Você tem alguma outra foto ou qualquer outra coisa que você quer pendurado aqui?" Dan perguntou enquanto colocava a chave de fenda no bolso de trás.

"No momento, não." Seu rosto bonito, começando a brotar uma barba de fim de tarde, a fez sorrir. "Assim que eu tiver todas as coisas principais posicionadas, voltarei ao Humphry's para os retoques finais."

"Você está se preparando para se tornar a pessoa favorita daquele velho." Ele riu. "Ele é um verdadeiro sedutor para as mulheres com carteiras gordas." Dan voltou para a sala de estar, onde Ivy o viu erguer a cabeça de veado para instalá-la sobre a pesada cornija de carvalho da lareira de pedra de rio. A cabeça subiu rapidamente pois ele já sabia que havia um gancho instalado ali. "Você deveria comprar um robalo emoldurado e talvez alguns patos empalhados ou um peru para aqui." Ele acenou com a cabeça para indicar a sala de estar.

"Estava pensando em arrumar o quarto de hóspedes com esse tipo de coisa," ela disse enquanto pendurava o papel higiênico. "Comprei aquelas cortinas xadrez azuis e verdes e colchas para lá. Um par de peixes empalhados na parede seria ótimo para dar aquele aspecto de retiro de caça. Vou colocá-lo na minha lista. Acho que vi um casal na loja de Humphry."

"Que grande surpresa," ele resmungou e franziu o cenho.

15

O sol havia se posto quando eles entraram no Lexus para dirigir de volta à cidade, ambos exaustos.

"Você quer parar para jantar?" Dan perguntou enquanto saíam da garagem para a estrada de asfalto estreita.

"Pode haver qualquer lugar melhor do que aquele churrasco que tivemos no almoço?"

"Há uma churrascaria muito boa no centro da cidade," Dan ofereceu.

Ivy olhou para seu jeans empoeirado e sua camiseta mais empoeirada que não estavam empoeirados quando ela os vestiu antes do almoço no balanço. "Não estou vestida para uma churrascaria. Que tal comida chinesa?"

"Há um Panda Express perto do cinema. Isso está bom? Eles não servem cerveja."

"Está ótimo," Ivy respondeu. "Voltarei no escuro e não preciso beber."

"Isso é inteligente." Ele virou em uma rua e entrou em um shopping com um cinema bem iluminado como unidade âncora. Restaurantes, cafeterias, uma sorveteria e uma loja de livros usados flanqueavam a estrutura alta em ambos os lados. Carros enchiam o estacionamento. Dan estacionou perto do Panda Express e os dois entraram juntos. A maioria das mesas estava cheia e muitas pessoas reconheceram e acenaram para Dan.

A mulher atrás do balcão os cumprimentou e encheu seus pratos com arroz frito, brócolis, bife e frango com laranja. Ivy pediu folheados de caranguejo e um rolinho primavera também. Dan pegou Sprites para eles enquanto ela pagava pela comida. Ivy não se importou. Ela imaginava que lhe devia por todo seu trabalho extenuante. Ele não precisava ter ficado após colocar a bomba em funcionamento e acender os queimadores, mas ele ficou e Ivy não sabia o que teria feito sem sua ajuda. Ela certamente não teria cortinas em todas as janelas, isso era certo.

"Obrigada por toda sua ajuda hoje, Dan," Ivy disse enquanto ele se sentava e lhe entregava o Sprite, um guardanapo e um garfo de plástico. "Eu realmente não sei o que teria feito sem a sua ajuda hoje."

"Não é problema." Ele garfou um pouco de

carne que gotejou o saboroso molho marrom em seu prato cheio. "Imaginei que lhe devia de qualquer maneira."

"O que você quer dizer?"

"Bem, eu fui muito rude com você naquela parada de caminhões." Ele entregou a ela um folheado de caranguejo de seu prato. "E eu comi suas batatas fritas."

"Você realmente pega muitas mulheres em paradas de caminhões assim?" Ivy perguntou com um sorriso encabulado enquanto colocava uma porção de frango com laranja picante na boca com um pouco de arroz.

"Normalmente não. A maioria dos lugares está infestada de prostitutas que só os mais desesperados pagam para enfiar seus pênis. Não mexo com esse lixo, mas você estava linda e solitária sentada naquela cabine." Ele bebeu um pouco de refrigerante. "Pensei fazer uma tentativa, mas você me refutou."

"Você já teve sorte?"

"Não até esta manhã, quando a vi sentada no escritório de Norm, toda arrumada e parecendo tão bem."

"Obrigada, mas você realmente não teve sorte. Você acabou sendo arrastado para mover móveis e pendurar varões de cortina em sua antiga casa cheia de lembranças tristes."

"Isso não é verdade." Ele pegou a mão que Ivy não estava usando. "Estar de volta àquela casa e vê-la se divertindo tanto decorando do jeito que Cindy se divertia foi ótimo para mim. Eu me senti vivo de novo pela primeira vez desde que a vi dar seu último suspiro naquele maldito leito de hospital." Com relutância, Dan largou sua mão e voltou a comer. "E ter a chance de dizer a Peggy Martin para dar o fora da minha merda foi uma benção que eu realmente não tinha planejado," ele disse e riu.

"Você sabe que ela vai voltar lá, implorando por livros na primeira chance que tiver. Ela sabia exatamente quando Cindy tinha terminado um e estava bem ali na varanda com a mão estendida. Não acho que aquela mulher já pagou por um livro a menos que fosse cinquenta centavos em uma venda de garagem."

"Ela não receberá nenhum brinde de mim. Autores ganham dinheiro com os royalties quando seus livros são *vendidos*."

"Eles não pagam muito dinheiro para escrevê-los?" Ele perguntou, pasmo.

"Alguns autores recebem um *adiantamento* dos royalties se a editora acreditar que a obra pode ser vendida. O autor não recebe nenhum royalty até que o adiantamento tenha sido recolhido pela editora das vendas." Ivy mordeu a crosta crocante do rolinho primavera após mergulhá-lo no molho agridoce picante. "A Senhorita Peggy não receberá livros grátis de mim."

"Ótimo." Dan chupou o resto do refrigerante

do copo.

Eles terminaram e Dan segurou a cadeira dela enquanto ela se levantava.

Um cavalheiro, no final das contas? Estou exausta, ou acho que ofereceria para que ele me levasse de volta para a casa e passasse a noite.

Ivy o levou de volta para sua caminhonete no escritório de Norman Powell. Ele caminhou até a porta do motorista e Ivy abaixou a janela.

"Tive um dia muito bom, Ivy Chandler. Posso te ver de novo?" Ele se inclinou e beijou-a.

Não foi um beijo apaixonado no início, mas também não foi um beijinho no rosto. Ivy não se afastou e permitiu que o beijo continuasse por mais tempo do que qualquer um dos dois havia esperado. Ele estendeu o braço e colocou a mão na parte de trás de sua cabeça, puxando-o mais para perto por um instante enquanto suas línguas se entrelaçavam e seus lábios pressionavam com mais força.

"Uau, agora foi um beijo de boa noite," ele sussurrou antes de se levantar e caminhar para sua caminhonete.

Ivy ficou sentada no Lexus, sem fôlego por causa do beijo inesperado, e observou a caminhonete sair do estacionamento e ir embora. Ela também deu ré e foi para a cabana sem encontrar nenhum veado perdido pelo caminho, para seu grande alívio.

Duas vezes desde que chegara à área rural, os

animais elegantes haviam disparado na frente de seu carro vindo da grama alta ou da floresta ao longo do caminho para a cabana. Ivy não queria bater em um e machucá-lo ou destruir seu novo carro. Ela se viu dirigindo devagar e mantendo os olhos nas margens das estradas estreitas, procurando o reflexo dos faróis nos olhos que esperavam.

Quando entrou na garagem, Ivy ficou surpresa ao ver o reflexo das luzes traseiras de outro veículo. No brilho da luz da varanda, Ivy viu a cabeça branca de Carl Anderson sentado em uma das cadeiras de vime. Ivy revirou os olhos, colocou a marcha do carro na posição de estacionamento e saiu.

"Olá, Carl. O que você está fazendo aqui?" Ivy subiu na varanda, abriu a porta de tela e destrancou a porta pesada que levava para a cabana. Ela olhou de relance para Carl, que ainda estava sentado, golpeando os mosquitos que zumbiam atraídos pela luz. "Você vai entrar ou planeja ficar aqui com os mosquitos?"

Carl se levantou e seguiu Ivy para a cabana. Eles entraram em uma sala completamente mobiliada com algumas lamparinas antigas, uma cabeça de veado empalhada e um relógio de lareira tiquetaqueando alto. O ventilador de teto programado na velocidade baixa, girava preguiçosamente acima de suas cabeças, circulando o ar pesado e úmido do Missouri. Lâmpadas brilhantes, na luminária antiga falsa, fixadas ao ventilador brilhavam sobre os feitos de Dan e Ivy.

Na parede acima do sofá estava pendurada uma pintura de mais de um metro de uma cena da floresta ao entardecer ou amanhecer, o céu em tons de rosa e laranja. Era um dos poucos itens decorativos frívolos que Ivy comprou na loja de Humphry, e ela adorava a maneira como acentuava a parede pintada no mesmo tom de verde de seu quarto, banheiro e cozinha.

Ivy pensou em Dan e se perguntou se os gostos dela e de Cindy tinham mais semelhanças do que apenas decoração. Carl pigarreou e trouxe Ivy de volta ao momento em questão.

"O lugar parece agradável," Carl disse, olhando para a ampla prateleira de chifres do cervo acima de sua cabeça. "Não demorou muito para você organizar tudo. Onde você encontrou todas essas coisas?"

"Eu tinha mais ou menos um dia antes da assinatura do contrato, então encontrei uma loja de antiguidades e comprei alguns móveis. Estou deixando as coisas em Phoenix lá. Minha irmã vai mandar colocá-las no depósito para mim. Voltarei em uma ou duas semanas para pegar Cheshire e algumas outras coisas."

"Então, você decidiu ficar aqui?" Carl perguntou ao entrar na cozinha e acender a luz. "Isso parece bom. Muito verde, mas parece bom." Ivy tinha escolhido cortinas de xadrezinho verde escuro para a cozinha, que eram da mesma tonalidade do verde irlandês dos armários da cozinha. O verde claro de Cindy revestia as paredes, exceto a parede dos fundos com suas toras de sequoia rachadas.

"É minha cor favorita," Ivy disse de maneira categórica. "Parece que a mulher que morou aqui antes gostava de muitas das mesmas coisas que eu."

"O marido dela lhe disse isso?" Ele zombou. Carl saiu da cozinha e percorreu o resto da cabana, acendendo as luzes para ver o que Ivy tinha feito com os quartos.

Ivy o seguiu. "Ele, o homem na loja de antiguidades, o cara na loja de móveis e a prima dela subindo a estrada," ela disse de maneira ríspida.

"Já conheceu muitas pessoas, não é?" Carl entrou no quarto dela e acendeu o interruptor da parede. A luz brilhou para destacar a mobília pintada de branco e paladar pastel do quarto muito feminino. Ivy seguiu seus olhos ao redor enquanto ele observava cada peça de mobília pintada. Como um purista em antiguidades, Ivy sabia que o estômago de Carl provavelmente se revirou com o que ele consideraria uma abominação e profanação de móveis excelentes. "Você está brincando comigo? Que diabos é essa bagunça?" Carl zombou.

"É o meu quarto."

"Parece que Cinderela e Jane Austen se

juntaram para brincarem juntas."

"Oh, por favor." Ivy revirou os olhos.

Carl balançou a cabeça, passou por ela e seguiu pelo corredor até o quarto de hóspedes. Ivy apagou a luz do quarto e se jogou na poltrona elegante da sala de estar. Ele deu uma espiada no banheiro antes de sentar-se no sofá. "O banheiro é tão ruim quanto o quarto. Nunca a considerei como o tipo romântico frustrado."

"Você nunca realmente passou tempo suficiente comigo para me considerar nada, Carl. Onde está Judith? Tenho certeza de que ela provavelmente fará um trabalho maravilhoso decorando os condomínios para você."

"Judith voltou para Phoenix após a assinatura do contrato. Voamos para cá no avião da empresa e ela teve que voltar para os meninos." Ele deu a Ivy um olhar carrancudo. "Judith é uma parceira de negócios e uma boa amiga."

"Certo," Ivy retrucou, "uma amiga com seios lindos, uma bunda ótima, uma empresa de um milhão de dólares *e* um avião particular." Ela entrou no banheiro para que Carl não pudesse ver as lágrimas escorrendo de seus olhos. Ivy se recompôs, assoou o nariz e voltou para a sala de estar. "O que você quer, Carl?"

"Queria me desculpar por não ter contado que estava de volta à cidade e não ter retornado suas ligações." Ele coçou a cabeça. "Foi rude e descortês. E eu deveria ter contado sobre Judith."

Ivy o interrompeu. "Judith não era da minha conta. Ela é muito mais adequada aos seus círculos sociais do que eu. Eu entendi isso." Ivy assoou o nariz novamente e conteve as novas lágrimas que ardiam em seus olhos. "*Fiquei* magoada por você me deixar pensar que estava em Wisconsin com seus netos quando na verdade estava na cidade com ela. Tive que descobrir isso no jornal, pelo amor de Deus."

"Pensei que talvez você pudesse ter visto isso, mas como eu disse antes, nunca tivemos nada além de um tipo de coisa de amigos com benefícios." Ele se levantou e gesticulou ao redor da sala. "Nunca deveria tê-la levado naquela viagem e trazido você aqui. Não tive a intenção de enganá-la ou fazê-la pensar que havia um futuro maior para nós do que havia em Phoenix."

"Isso é simplesmente ótimo, Carl." O temperamento de Ivy começou a ferver. "Simplesmente ótimo. Se seu avião saiu da cidade sem você, como você planejava voltar para casa?"

"Pensei que talvez pudesse pegar uma carona com você," Carl disse tranquilamente.

Ivy olhou para ele de boca aberta. "Você está me zoando, certo? Você nem sabia que eu estava aqui. Como planejava voltar para casa antes que me visse aqui?"

"Bem, Judith ia ficar um pouco mais, mas decidiu que precisava voltar para os meninos."

"Oh, eu entendo." Ivy não entendia. "Carl, vou

ficar aqui. Posso voltar para o vale quando ficar frio, mas ainda não sei."

"Mas isso é ótimo, querida. Você estará aqui para fazer o gerenciamento dos aluguéis, como falamos antes." Ele olhou ao redor da grande sala de estar. "Podemos montar um pequeno espaço de escritório ali no canto e você pode cuidar das reservas e da publicidade."

"Carl, pare," Ivy interrompeu. "Vou me concentrar na minha escrita. Minha agente diz que eles vão me mandar para livrarias para fazer sessões de autógrafos quando o primeiro livro for lançado. Ela os convenceu a fazer uma grande campanha promocional e não acho que terei tempo para ser sua secretária."

"Mas pensei que você queria ter um relacionamento comigo." Ele parecia surpreso com sua recusa.

"Sim, mas não apenas uma relação comercial. Quero um homem que quer me ter em seus braços em jantares de premiação e não apenas em sua cama como uma reflexão tardia ou cuidando de suas propriedades. Eu mereço mais do que isso. Eu mereço ser amada."

"E você acha que vai encontrar o amor aqui no paraíso dos caipiras?" Ele riu. "Você não conseguiu encontrá-lo implorando por encontros na internet em Phoenix. O que a faz pensar que vai encontrá-lo aqui no campo?"

Eles foram interrompidos por uma batida à

porta. Ivy passou pisando duro por Carl e abriu a porta para ver um Dan Wingate com a barba feita parado em sua varanda. "Estou interrompendo algo aqui?" Ele perguntou quando passou por Ivy e viu Carl no sofá.

"Sim," Carl retrucou de maneira rude.

"Não, Carl estava saindo," Ivy disse de maneira ríspida, segurando a porta e olhando com cara feia para o rosto vermelho de Carl. "Já dissemos tudo o que tínhamos a dizer um ao outro."

Carl se levantou e passou por Ivy saindo pela porta sem falar. Ela ouviu a porta de seu carro alugado bater e cascalho espirrar enquanto ele dava ré para sair da garagem.

"Qual é o problema dele?" Dan perguntou. Ele pegou a mão de Ivy, tirou seus dedos da maçaneta de latão e fechou a porta. "Você está bem, Ivy? O que está acontecendo?" Ele tirou um lenço limpo de algodão branco do bolso da sua calça jeans limpa e entregou-lhe quando viu as lágrimas escorrendo pelo seu rosto pálido.

Ivy pegou o lenço com dedos trêmulos e enxugou as lágrimas com pressa. "Obrigada." Ela respirou fundo e assoou o nariz. "Carl e eu acabamos de nos separar definitivamente."

"Não achei que vocês dois fossem ficar juntos."

"Não íamos." Ivy passou a explicar a Dan sobre seu relacionamento intermitente com Carl e como ele presumiu que ela aproveitaria a chance de trabalhar para ele aqui em Branson. Ivy pegou dois copos de água gelada para eles. “Lamento não ter nada mais forte. Ainda não fui ao supermercado.”

“Podemos cuidar disso se você quiser dar uma corrida até o Wal-Mart. Fica aberto a noite toda.”

“Prefiro fazer compras no mercado local.”

“Frank Parson vai apreciar isso. Ele administra o IGA e perde muitos negócios para o Wal-Mart desde que começou a vender mantimentos.”

“Tenho certeza que sim.” Ivy entregou-lhe o copo de água, cubos de gelo tilintando nas laterais do copo. “Vou correr até a cidade pela manhã para me abastecer. Então, o que o trouxe de volta aqui hoje à noite?” Ela se sentou ao lado dele no sofá confortável.

“Com toda honestidade?” Ele perguntou com um sorriso tímido.

“Sempre. Estou muito velha para jogos e besteiras. Apenas seja honesto comigo. Por favor.” Ivy deu um longo gole na água gelada.

“Foi aquele beijo.” Ele a pegou pelo queixo, inclinou-se e beijou-a novamente. Desta vez, Ivy sentiu a paixão, sem sombra de dúvida. Ela não sabia se era necessário ou se era apenas sua raiva de Carl, mas ela retribuiu o beijo ardente. Seus lábios não se separaram por algum tempo e suas mãos começaram a explorar o corpo um do outro por baixo de suas roupas. Ivy podia sentir o cheiro de xampu fresco e sabia que Dan havia tomado banho e se trocado antes de voltar para vê-la.

“Espere um minuto,” ele disse, se afastando.

"Não quero me aproveitar. Não quero ser o cara com quem você transa porque está chateada com aquele outro cara com quem você transa." Ele se afastou dela e pegou sua água. "Posso ter vindo aqui procurando transar, mas não quero que seja assim. Isso faz sentido ou me faz parecer um idiota?"

"Faz parecer que você tem mais integridade do que os outros homens com quem eu transei," Ivy disse com um sorriso.

"Se você está falando sobre aquele Carl, então eu concordo. Ele não me soa a nada além de um consumidor."

"Acho que eu nunca vi isso antes, mas acho que ele é." Ivy bocejou e se espreguiçou. "Minha mãe costumava dizer que homens ricos não ficavam ricos distribuindo seu dinheiro. Eles permaneciam ricos ao conseguir o máximo que podiam por nada. Acho que Carl pensou que, porque estava conseguindo algo de mim por nada, ele poderia conseguir mais."

"Isso não é certo. Você é uma mulher bonita e inteligente que qualquer homem teria orgulho de ter. Ele é um cara rico?"

"Não sei. Ele vive como um e faz grandes negócios por todo o país. Ele acabou de comprar dois condomínios à beira do lago aqui e pagou quase um milhão de dólares por eles."

"Mas ele não disse que a loira estava

subscrevendo o negócio? Subscrição não significa o mesmo que financiamento?"

"Acho que sim. Bem, acho que ela é sua parceira de negócios agora ou algo assim. Ele diz que ela voltou para Phoenix e o deixou aqui para que os condomínios fossem mobiliados e decorados. Ele queria que eu lhe desse uma carona de volta para casa."

"Corajoso," Dan disse com uma risada.

"Sim, foi o que eu pensei." Ivy esvaziou seu copo de água. "Então, o que você está procurando, Dan, além de transar?"

Ele a encarou com um sulco profundo acima da ponte do nariz. "Já se passou mais de um ano desde que Cindy faleceu e ela ficou doente por dois anos com os tratamentos de quimioterapia e radioterapia para o câncer. Não me entenda mal, ela foi um verdadeiro soldado durante tudo isso, e eu daria qualquer coisa para tê-la aqui, mas sinto falta de ter uma mulher na minha vida." Ele respirou fundo. "Não apenas pelo sexo. Posso fazer sexo sempre que quiser, mas ter uma mulher para vir para casa todas as noites e se enroscar ao lado é diferente. Você sabe sobre o que eu estou falando?"

"Sim, eu sei." Ivy pegou a mão dele. "Eu esperava ter isso com Carl, mas acho que ele pensou que eu estava apenas procurando um sugar daddy."

"Você não precisa de um desses, não é?"

"Não mais, mas meio que precisava quando o

conheci. Só recentemente, assinei com uma editora e ganhei algum dinheiro."

"Mas você ainda é a mesma pessoa. Não sabia que você tinha dinheiro quando te vi na parada de caminhões e gostei de você na hora. Você é linda e inteligente. Gosto disso em uma mulher."

"E *você* tem integridade." Ivy se inclinou e beijou-o suavemente em sua boca carnuda e macia. "Eu gosto disso em um homem."

Dan se inclinou para ela, passou os braços musculosos ao redor dela e puxou Ivy para perto. "Você tem um cheiro bom, mulher," ele sussurrou, acariciando sua orelha sob o cabelo empoeirado e úmido de suor.

"Agora eu sei que isso não é verdade." Ivy olhou em seus olhos castanhos, rindo. "A menos que você goste do cheiro de mulheres suadas e cobertas de poeira." Ivy se levantou e pegou sua mão grande. "Preciso de um banho. Posso dizer que você acabou de tomar um." Ela passou os dedos por seus cachos úmidos e depois acariciou seu rosto liso e recém-barbeado. "Você não precisa se juntar a mim, mas pode assistir," Ivy brincou e puxou-o em direção ao banheiro.

"Você é uma provocadora, mulher," ele disse e sorriu enquanto se levantava para seguir Ivy até o banheiro feminino em tons pastel. "Também gosto disso em uma mulher."

16

Ivy acordou cedo com a luz do sol infiltrando-se pelas cortinas rendadas em seus olhos. Ela levou um momento para se orientar e lembrar onde estava. Ela tentou rolar de lado e se levantar, mas um braço estava sobre sua barriga, prendendo-a no colchão. Roncos suaves e regulares sopravam ao lado de sua cabeça e Ivy se virou para ver o rosto sereno e bonito e o cabelo castanho despenteado de Dan Wingate dormindo ao seu lado.

"Bom dia," ele murmurou quando a sentiu se mover sob seu braço. Ele usou o membro musculoso sobre sua cintura para puxar Ivy para mais perto de seu corpo quente e nu.

Algo se agitou em Ivy e ela virou-se para encará-lo. Seus lábios se encontraram em um beijo suave de nova familiaridade. A mão áspera de Dan encontrou um seio e começou a beliscar um mamilo até que ela estremeceu e gemeu de prazer. Durante a noite, eles exploraram um ao outro, encontrando as zonas erógenas que provocavam gemidos de prazer e respostas eróticas um do outro. Ivy encontrou suas bolas pesadas e usou as unhas para provocá-lo com leves arranhões até que sentiu seu pênis firmando-se contra sua perna, destilando líquido pré-ejaculatório.

Dan a rolou de costas. "Você é um demônio, mulher. Você me deixa louco de luxúria." Ele montou nos quadris estreitos de Ivy e usou um joelho para afastar suas pernas. Ela se abriu para ele de bom grado e gemeu de prazer quando ele a penetrou.

"Oh, meu Deus. Isso é tão bom. Embora sensível por causa de seus múltiplos coitos na noite anterior, Ivy arqueou as costas para encontrar suas investidas ardentes e contraiu as paredes vaginais para apertar ao redor de seu pênis grosso.

"Continue fazendo isso. Eu adoro," ele disse, ofegando acima dela.

Ivy obedeceu, mas se viu perdida no prazer que ele exercia, deslizando entre suas coxas. Logo sua virilha explodiu em múltiplas explosões de prazer requintado e ela gemeu e gemeu com cada explosão estremecida, que fazia seu corpo estremecer e enrijecer ao mesmo tempo. "Oh, meu Deus, Dan. Não pare." Ivy enterrou os dedos nos travesseiros atrás da sua cabeça e respirou forte. "Não se atreva a parar."

"Aí vem, mulher," ele gritou e bateu forte enquanto explodia dentro dela. Ele rolou de cima do corpo suado, ofegante e exausto. "Maldição, você suga a porra direto para fora de mim do jeito que você contrai essa coisa no meu pau." Ele passou a mão pelos cachos morenos dela, úmidos de suor.

Ivy estava deitada ao lado dele com um braço levantado sobre a cabeça no travesseiro, sorrindo. "Você transa bem." Ele não respondeu e Ivy o ouviu começar a roncar baixinho ao lado dela. Ela pegou lenços de papel da caixa ao lado da cama e limpou-o das suas pernas. Ivy levantou-se e foi até o banheiro para se aliviar. A satisfação terna do sexo prazeroso irradiava através do seu corpo. Ela tomou um banho rápido para lavar o suor e os resíduos da noite anterior e depois vestiu, rapidamente e em silêncio, uma calça jeans e uma camiseta regata.

Ela deu uma olhada rápida na cama para ver Dan enrolado no lençol e enroscado de lado, dormindo profundamente. Depois da noite de Olímpiadas no quarto, Ivy pensou que ele provavelmente dormiria um pouco mais. Seu telefone marcava oito e quarenta e cinco. Ela pegou a bolsa, trancou a porta da cabana e dirigiu até a cidade para encontrar o IGA.

O estacionamento do supermercado tinha apenas alguns carros estacionados perto da entrada, e os corredores da loja estavam quase vazios. Ivy notou os aromas de pão recém-assado vindo da padaria, café moído da delicatessen, o cheiro excessivamente doce dos produtos maduros demais e detergentes irritantes. Eram os cheiros familiares que atacavam o nariz em cada pequena mercearia que Ivy conseguia se lembrar de entrar.

Seu carrinho encheu em um piscar de olhos. Com sua casa vazia de tudo para suas necessidades diárias básicas, Ivy encontrou-se pegando coisas de todos os corredores que ela percorreu. Ao terminar, ela tinha sacolas suficientes para encher o porta-malas vazio do Lexus.

Enquanto dirigia para casa, Ivy passou por uma loja da Ace Hardware com uma exibição deslumbrante de móveis de jardim na entrada. Ela parou e encontrou almofadas novas para o conjunto de vime e seu balanço da varanda. As almofadas, em vermelho vivo e estampadas com flores tropicais amarelas e folhagem verde, chamaram a atenção de Ivy imediatamente. Embora não se encaixassem exatamente no tema campestre, elas se encaixavam no período vitoriano com o amor dessas pessoas por todas as coisas tropicais.

Casas vitorianas mais elegantes teriam um solário com plantas tropicais, pássaros e vime expostos por toda parte. Ivy colocou as almofadas e algumas outras compras no banco de trás do carro e foi para casa.

Ao virar o Lexus para a entrada de cascalho da garagem, Ivy viu Dan sentado no balanço da varanda. Ele tinha uma mão grande enrolada na corrente, segurando o balanço com a cabeça apoiada no braço. O balanço movia-se lentamente para frente e para trás, mas Ivy pensou que ele devia estar cochilando. Sua cabeça levantou-se e ele se levantou quando Ivy fechou a porta e deu a volta para começar a arrastar sacolas plásticas de supermercado do porta-malas do carro

"Você comprou café?" Ele perguntou ao se juntar a ela, duas mãos grandes pegando as sacolas carregadas.

"Sim, e comprei um Mr. Coffee também. Está no banco de trás com as novas almofadas para a mobília do pátio." Ivy sorriu e levou sua carga para a cozinha. Ela encheu a geladeira com diversos itens, como suco de toranja, leite, maionese, mostarda, picles e manteiga.

Refeições rápidas, como tortas de frango, foram para o congelador junto com alguns pedaços de carne, um grande saco de frutas congeladas para smoothies e um litro de sorvete de noz-pecã para aquelas madrugadas, quando ela precisava de algo frio e doce que não fosse necessariamente saudável.

Ivy pegaria seu robusto liquidificador Ninja quando voltasse para pegar Cheshire, mas comprou um Mr. Coffee porque precisava de seu café todos os dias. Ela não poderia ficar sem isso até a viagem de volta ao Arizona. Dan carregou e abriu a caixa com a cafeteira enquanto Ivy continuava a colocar os mantimentos na despensa alta ao lado da geladeira.

No Humphry's, Ivy havia comprado vários tamanhos diferentes de potes de vidro transparentes e azul-esverdeado com tampas herméticas para usar como potes de farinha, açúcar e café. Ela os preencheria mais tarde. Ivy sabia que poderia perfeitamente reaproveitar os velhos potes em sua cozinha campestre.

Ela entregou a Dan o recipiente de plástico da Folger's e o observou instalar a cafeteira na bancada ao lado da pia e enchê-la com água, um filtro de papel e os grãos picantes. Logo o bule encheu e o aroma do café passando inundou a cabana rústica.

"Vamos tomar nosso café na varanda, senhora?" Ele perguntou galantemente com um sotaque sulista exagerado.

"Ora, isso seria muito agradável, bom senhor," ela respondeu sorrindo. "Você precisa de açúcar ou creme?"

"Não, senhora, tomo o meu puro."

Ivy pegou delicadas xícaras e pires de porcelana do armário e colocou-os em uma bandeja de vime. Quando o Mr. Coffee cuspiu pela última vez, Dan colocou o bule na bandeja e desligou a máquina. Ele pegou a bandeja e levou-a para a varanda e colocou-a sobre o tampo de vidro da mesa de vime entre as duas cadeiras de espaldar pavão.

Ivy ficou surpresa ao ver as novas almofadas brilhantes no sofá de vime e no balanço também. As almofadas vibrantes pareciam perfeitas contra a cor natural dos móveis de vime. Ivy estava feliz por não ter sido pintado de branco como tantas peças que ela tinha visto.

Eles se acomodaram nas poltronas almofadadas para saborear o café. Enquanto davam os primeiros goles, Peggy e o marido passaram em sua caminhonete, olhando com cara feia. Dan, sentado sem camisa, sorriu e acenou ousadamente para a caminhonete que passava.

"Dan Wingate, você é um encrenqueiro," Ivy disse, rindo enquanto observava Peggy jogar cascalho com os pneus enquanto derrapava pela lateral da estrada.

"Ela é uma velha megera bisbilhoteira," Dan disse enquanto servia outra xícara de café para si mesmo e completava a de Ivy. "Na segunda-feira de manhã, depois que ela tagarelar naquela igreja dela, toda a cidade saberá que temos feito companhia um ao outro. Só Deus sabe como ela vai exagerar isso."

"Quanto mais ela poderia exagerar? Você passou o dia inteiro aqui ontem e depois a noite. Você está seminu e sentado na minha varanda tomando café. O que ela deveria pensar?" Ivy disse com uma risadinha enquanto tomava um gole de café e apreciava a manhã tranquila.

"Ela deveria cuidar da própria vida e manter a boca fechada." Dan esvaziou sua xícara. "Você tem algo especial que deseja fazer hoje?"

"Eu planejava fazer compras hoje e é isso. Não

tenho mais nada planejado em particular. E você? Quando você tem que voltar para a estrada?"

Dan esticou o corpo musculoso, coçou a cabeça e bocejou. "Vou mandar fazer a manutenção do caminhão. Eles não vão terminar com ele por alguns dias, e depois preciso voltar para Victorville e ver o que está acontecendo. Você está planejando voltar para o Arizona em breve?"

"Preciso pegar meu gato e alguns itens pessoais que não quero colocar no depósito, depois voltarei para cá por um tempo para terminar o último livro da série."

"Então, você está planejando ficar aqui em tempo integral?" Ele perguntou enquanto esvaziava o bule em suas xícaras.

"Acho que sim." Ivy olhou para o campo verde e as árvores balançando na brisa suave do final da manhã. O perfume das sebes de rosas se espalhou pela varanda e ela respirou fundo. "Amo isso aqui. Sou uma garota do meio-oeste e sinto falta do verde. Tenho saudades da mudança das estações. Os invernos deveriam ser frios. Quero dizer muito frio, não apenas dez graus à noite."

"Sim," Dan disse e riu. "Não é estranho como as pessoas do deserto ficam todas agasalhadas com casacos pesados quando cai abaixo de vinte? Eu ri muito do meu irmão e sua esposa quando eles ligaram a fornalha porque deveria cair para a casa dos quinze uma noite. Eu estava andando por aí de shorts e chinelos enquanto eles usavam suéteres e meias pesadas. Eu não conseguia acreditar."

Ivy bufou. "E eu acho que fica mais frio em Victorville do que em Phoenix, mas as pessoas lá são as mesmas," ela disse. "Nunca tive nada mais pesado do que uma jaqueta de tweed em todo o tempo em que morei lá e só uso sapatos quando vou sair."

"Você quer ir comigo na caminhonete para pegar suas coisas?" Dan perguntou.

Ivy balançou a cabeça. "Tenho que pegar meu gato. Ele não gosta de viajar e provavelmente iria surtar em sua caminhonete grande e barulhenta. Não estou trazendo muita coisa, então deve caber na parte de trás do meu carro com bastante facilidade. Só tenho algumas coisas de cozinha, algumas fotos, algumas roupas e Cheshire. Minha irmã está muito chateada comigo, então preciso passar um pouco de tempo com ela antes de voltar."

"Ela não está feliz com a mudança?" Dan estendeu a mão e acariciou o braço dela suavemente.

Ivy revirou os olhos azuis e sorriu. "Isso seria dizer o mínimo." Ivy pegou a mão dele e segurou-a na dela. Ter Dan por perto para tocar era reconfortante e lhe dava uma sensação de bem-estar que nunca sentira com Carl. Ele sempre a fez se sentir constrangida e insegura de si mesma. Com Dan, ela se sentia à vontade. Ela não o conhecia de verdade, mas parecia que eles se conheciam há anos quando estavam juntos.

"Meu irmão provavelmente também não vai gostar quando eu contar que decidi voltar para cá."

"Você está pensando nisso?' Ivy perguntou surpresa.

Ele aumentou o aperto em sua mão. "Estou agora."

"Oh, meu Deus." Ivy engoliu em seco. "Eu não fazia ideia. Você está se arrependendo de me vender a casa?"

"Nem um pouco," ele exclamou. "*Você* é a razão pela qual estou pensando em voltar. Não tenho nada me segurando na Califórnia, e posso dirigir o caminhão daqui ... bem, não," ele apontou para a cabana, "aqui, aqui, mas aqui em Branson em algum lugar." Ele sorriu. "Ouvi dizer que em breve haverá alguns condomínios legais no lago para alugar."

"Sim, certo," Ivy disse e riu. Ela olhou pela janela para a cabana aconchegante. "Por que *não* aqui? Ela perguntou, nervosa que ele pudesse considerá-la ousada por sugeri-lo. "Você conhece o lugar. Isso seria uma grande ajuda para mim e certamente daria a Peggy algo para falar."

Dan olhou para ela de boca aberta. "Sério? Você consideraria me deixar morar aqui com você? Você nem me conhece tão bem ainda. Posso ser um assassino em série psicótico ou algo assim."

Ivy riu, lembrando-se de como pensara

exatamente isso sobre ele quando se conheceram na parada de caminhões. "Nós nos conhecemos bem o suficiente para dormirmos juntos. Não sei sobre você, mas eu certamente gostei." Ivy começou a colocar as xícaras de café de volta na bandeja. "De qualquer maneira, não é como se você estivesse aqui comigo o tempo todo. Você ficará fora com seu caminhão por semanas a fio." Ela se levantou e pegou a bandeja. "Isso seria mais como uma parada no meio do caminho entre as viagens."

"Certamente seria algo para enfiar na garganta daquela megera velha da Peggy." Dan inclinou a cabeça para trás e deu uma gargalhada.

"Sim, seria." Ivy riu e levou a bandeja de volta para sua casa.

17

Ivy fez sua viagem de volta ao Arizona para buscar Cheshire duas semanas antes do fim de semana do dia do Trabalho. O tráfego do feriado nas rodovias diminuiu e o preço da gasolina tinha caído. Ela esperava estar de volta antes que voltasse a subir para o agitado fim de semana de viagens.

Sua irmã a repreendeu duramente por ser impetuosa e tomar decisões caras sem fazer uma reflexão cuidadosa. Ivy sabia que o que Carrie realmente queria dizer era que Ivy estava tomando decisões caras sem consultá-*la* primeiro. Ela resmungou por ter que lidar com Cheshire, empacotar as coisas de Ivy e limpar seu apartamento. Ela amava a irmã, mas a chateação e reclamações constantes finalmente atingiram o resto da paciência de Ivy e ela carregou suas malas, caixas e o gato no Lexus para pegar a estrada de volta para Branson. Ivy deu um beijo de despedida em sua irmã em prantos e partiu apenas quatro dias após chegar em Phoenix.

Ivy destrancou a porta e entrou em sua cabana com Cheshire uivando na caixa de transporte três dias antes do grande fim de semana de feriado. O calor do verão não havia diminuído e as pessoas continuavam a se aglomerar nas águas frias do Lago dos Ozarks. Seria o último grande grito de alegria antes que as crianças voltassem à escola e a temporada turística de verão terminasse oficialmente.

Depois da primeira noite juntos, Dan praticamente fixou residência na cabana com Ivy. Quando ele começou a estacionar seu grande equipamento ao lado da cabana, Peggy parou e exigiu saber o que estava acontecendo entre eles.

Uma tarde, Ivy e Dan estavam plantando bulbos de tulipas no outono ao longo do caminho de pedra em frente à cabana, quando a caminhonete de Peggy derrapou na entrada da garagem e a mulher, vestindo um macacão e uma camiseta suada, saiu furiosa.

"Dan Wingate," Peggy atacou, "o que você acha que está fazendo brincando com essa mulher horrível e ímpia," ela apontou um dedo acusador para Ivy, que se ajoelhou com as mãos cheias de terra e bulbos, "e vivendo com ela em pecado sob o teto de sua doce esposa falecida. As pessoas na cidade estão falando. Você deveria ter vergonha de fazer da pobre Cindy uma idiota desse jeito."

"As pessoas na cidade," Dan advertiu, "não saberiam ou se importariam sobre isso se você não ficasse tagarelando sobre isso naquela maldita igreja." Ele largou o saco de malha de náilon com os bulbos, mas se pendurou na colher de pedreiro com a qual estava cavando e se levantou para enfrentar a desdenhosa Peggy. "Agora entenda uma coisa, Peggy Sue Martin," ele apontou a ferramenta de escavação para sua ex-prima por casamento, "Amo Cindy e sempre amarei, mas ela está morta e se foi agora. Prometi a minha esposa, em seu *leito de morte*, que continuaria com minha vida e encontraria outra pessoa para amar." Ele se abaixou e levantou Ivy.

"Ivy Chandler sou *eu* continuando com a *minha* vida. Somos bons bem juntos e queremos ficar juntos." Dan afastou o cabelo de Ivy para o lado e beijou sua boca apaixonadamente antes de retornar para uma Peggy de rosto vermelho. "Nós não damos a mínima para o que você ou qualquer outra pessoa nesta cidade pensa sobre isso." Dan lançou a colher de pedreiro e ela caiu com a ponta da colher no pátio aos pés de Peggy. "Agora, faça um favor a todos nós e coloque sua bunda gorda de volta na sua maldita caminhonete e pare de nos incomodar com suas besteiras de santinha."

"Você vai queimar no Inferno, Dan Wingate, junto com sua puta imunda e ímpia." Peggy pisou na colher de pedreiro, dobrando a lâmina no solo duro do quintal, antes de voltar furiosa para sua caminhonete, jogando cascalho enquanto girava os pneus para dar ré.

Em sua pressa de sair da entrada da garagem e pegar a estrada, Peggy calculou mal e em vez de virar para a estreita pista de cascalho, ela a atravessou direto e recuou para a vala profunda no outro lado. Eles a ouviram gritar quando a traseira da caminhonete caiu na vala de drenagem profunda, deixando a parte dianteira projetando-se para cima com as rodas girando no ar.

Ivy e Dan atravessaram a estrada de cascalho correndo para ver se a mulher estava ferida, mas ouviram Peggy xingando no celular com seu marido, exigindo que ele viesse com a retroescavadeira para tirá-la e a caminhonete da vala.

"Ela está bem," Dan disse enquanto pegava a mão de Ivy, e eles voltaram para seus bulbos. Dan endireitou a colher de pedreiro dobrada e, enquanto o marido e o filho de Peggy a puxavam e sua caminhonete da vala, eles terminaram de enterrar o restante dos bulbos de tulipa ao longo do caminho. Ivy ansiava por vê-los florescer na primavera, mas sabia que toda vez que olhasse para eles, ela pensaria nas rodas daquela caminhonete girando e iria rir.

Ivy descobriu que ela e Dan eram uma boa combinação. Ambos foram criados em pequenas fazendas e tinham quatro irmãos. Os dois estudaram em faculdades de curta duração e se casaram jovens. O casamento de Dan com Cindy durou trinta anos, enquanto Ivy esteve casada por trinta e quatro anos, mas com três maridos diferentes.

Eles apreciavam a companhia um do outro dentro e fora do quarto. Dan lhe contou como Cindy adorava fazer jardinagem e como ele adorava deixar o terreno pronto para ela plantar. Ele tinha vendido todo seu equipamento de jardinagem, mas garantiu a Ivy que eles comprariam mais na primavera. Quando Ivy perguntou sobre o galinheiro, ele torceu os lábios em desgosto.

"Eu odiava aquelas malditas aves, mas Cindy insistiu nelas. Quando as novas chocavam, ela traria os pequenos bastardos para dentro da casa e cuidaria deles por semanas até que eles fossem grandes o suficiente para sair na gaiola de frangos onde ela os aquecia com uma lâmpada de calor se ainda estivesse frio à noite." Ele balançou a cabeça. "Eu costumava perguntar como ela pensava que as mamães cuidavam deles antes da eletricidade, e ela simplesmente rosnava para mim como se eu fosse um idiota indiferente ou algo assim." Ele olhou para Ivy por apoio. "Quero dizer, quem traz galinhas nojentas para dentro de sua casa?"

"Minha mãe sempre trazia," Ivy disse. "Ela dizia que cobras ou ratos iriam pegá-las se não o fizesse. Se não tivéssemos galinhas ou se elas não estivessem botando, ficávamos sem ovos.

Ivy observou Dan olhar para o espaço por um minuto. "Agora que você mencionou, nem nós. Mamãe fazia biscoitos e molho quando não tínhamos ovos." Ele sorriu para Ivy. "Mas ela nunca trouxe os malditos pintinhos para a sala de estar e os manteve em uma caixa empesteando o lugar. Meu velho teria tido uma maldita vaca."

Ela e Dan passaram horas conversando sobre suas infâncias e juventudes. Ivy não conseguia acreditar na diferença entre a maneira como Dan a fazia se sentir em comparação com a maneira como Carl a fazia se sentir. Não havia estresse ou dúvida em relação a Dan. Ele a tratava como uma igual, e Ivy finalmente percebeu o que faltava entre ela e Carl. Ele não conseguia vê-la como uma igual. Para Carl, Ivy sempre estaria abaixo dele e ele a fazia se sentir assim. Talvez ele não tivesse a intenção de fazê-la se sentir assim, mas Ivy finalmente viu que ele o fez.

Dan lhe dava uma sensação fácil e satisfeita, e Ivy estava completamente à vontade com ele. Pensando bem, Ivy descobriu que o contentamento era mais importante do que qualquer coisa que Carl já teve a oferecer. O sexo tinha sido ótimo, mas havia muito mais em um relacionamento do que sexo ótimo. Ela e Dan fizeram sexo realmente ótimo, mas também tiveram ótimas conversas, risadas e interesses comuns.

Ivy levou a última de suas caixas para a cabana, fechou a porta e libertou Cheshire do confinamento da sua caixa de transporte. Cheshire era um gato doméstico desde que Ivy o encontrou como um gatinho. No carro, ela o manteve na caixa e o colocou na coleira para levá-lo para fazer seus negócios enquanto viajavam. Ivy riu de sua confusão nas primeiras vezes em que percebeu que deveria fazer suas coisas na grama e não em sua aconchegante caixa de areia. Ele segurou por um tempo, mas finalmente entendeu as coisas e resignou-se a ir para a grama nas áreas de descanso. Ivy ficou feliz por ele nunca ter feito bagunça dentro da caixa enquanto eles viajavam em seu carro novo.

Quando ela encheu sua caixa com areia e colocou-a na lavanderia ao lado da lavadora, Cheshire saltou para dentro dela com alegria e aliviou-se em um longo fluxo constante. Ivy quase podia ver a satisfação em seu rosto alaranjado largo enquanto ele arranhava a areia sanitária na caixa plástica. Após pular da caixa, ele encontrou seus pratos de comida e água na cozinha e comeu com entusiasmo. Ivy estava feliz por tê-lo aqui para que ele pudesse voltar a ter um horário regular. Ela o observou explorar seu novo ambiente, pulando sobre os móveis e farejando tudo.

"Esta é a minha casa agora, amigo. Mamãe promete não te arrastar mais por aí por muito tempo." Ivy sentou-se no sofá e Cheshire juntou-se a ela, cutucando sua mão com o nariz para que ela o acariciasse. O grande gato malhado amarelo ronronou quando ela obedeceu e enroscou-se ao lado de Ivy para adormecer. Ela continuou a passar as mãos por seu pelo grosso. "Sinto muito, amigo. Você deve estar exausto depois dessa viagem." Ela ficou sentada com ele por um tempo antes de finalmente se levantar para cuidar de todas as coisas empilhadas ao lado da porta da frente.

Ivy carregou suas malas para o quarto e jogou-as na cama. Ela as esvaziaria depois que todo o resto fosse guardado. Ivy esvaziou as sacolas de potes e panelas nos armários da cozinha. Ela encontrou um lugar para o micro-ondas e colocou um prato de vidro decorativo em cima dele, de modo que não parecesse tão inóspito e moderno na cozinha campestre. Seu liquidificador e torradeira foram guardados na despensa para serem retirados quando necessário. A coleção de tigelas de mistura de faiança de Ivy ficou para os armários superiores. Ela deixou sua favorita para uso diário.

Ao terminar a cozinha, os únicos itens que sobraram foram suas duas televisões de tela plana. Após se mudar para a cabana, Ivy ligou para a DirectTV e mandou instalar uma antena parabólica e o cabeamento da sala de estar e dos dois quartos para as televisões. Dan trouxe uma pequena televisão para eles usarem no quarto até que ela pudesse trazer a sua de Phoenix.

Ivy poderia simplesmente ter comprado

televisões novas e deixado as outras no depósito com suas coisas, mas temia que os eletrônicos delicados quebrassem e eles não eram tão velhos. Ela colocou uma na mesa na sala de estar e a outra em seu quarto. Eles já haviam decidido que a pequena de Dan iria para o quarto de hóspedes para seus netos usarem quando visitassem, então Ivy a carregou e colocou em cima da cômoda.

Com tudo guardado, exceto as roupas, Ivy fez um sanduíche e se jogou no sofá para relaxar e assistir um pouco de televisão. Cheshire se levantou e cutucou sua mão para dar uma mordida no peru de seu sanduíche. Ivy pulou quando um estrondo de trovão interrompeu o silêncio. Ela saltou do sofá para dar uma olhada lá fora para ter certeza de que havia fechado todas as janelas e as portas e porta-malas do carro. A chuva começou a respingar na estrada de asfalto em frente à cabana. O carro estava, de fato, bem fechado e Ivy voltou para seu sanduíche para encontrar apenas pão no prato e Cheshire lambendo maionese do rosto e das patas.

"Você é um gatinho mau," Ivy repreendeu e levou seu prato de volta para a cozinha para substituir as fatias de peru roubadas. Trovão agitou as janelas novamente e Ivy pôde ver as copas das árvores se contorcendo ao vento quando um relâmpago brilhante cruzou o céu escuro. Ivy apreciou o som da chuva no telhado de metal da cabana, mas esperava não ouvir também o granizo. Dan havia prometido construir o abrigo para carros para ela, mas, por enquanto, seu Lexus novo e reluzente estava à mercê da Mãe Natureza.

Ivy voltou para o sofá com seu sanduíche novo para pegar o estrondo do aviso de mau tempo. Ela ficou aliviada ao ver apenas um aviso de tempestade severa e não um aviso de tornado. Um tornado naquele ano provou ser mais do que suficiente para Ivy Chandler. Ela percebeu que o vento estava aumentando e se perguntou se deveria trazer para dentro os móveis de vime da varanda. Como não queria procurá-los amanhã ao serem varridos pelo vento pelo campo, Ivy saiu para a varanda. Para seu grande alívio, o vento soprava atrás da cabana. Ela afastou as cadeiras da beira da varanda e recolheu a almofada do balanço para que não ficasse encharcada pela chuva forte.

Quando jogou a almofada no chão em frente à lareira, ela se perguntou onde Dan estava hoje à noite. Ele havia lhe dito que tentaria estar em casa antes do final de semana quando ela ligou para avisá-lo que estava voltando do Arizona. Cheshire pulou sobre a almofada e olhou para Ivy como se pedisse permissão, mas se enroscou confortavelmente na almofada grossa e macia antes que ela pudesse dá-la. Ivy balançou a cabeça e zapeou pelos canais até encontrar algo interessante.

Seu telefone tocou e Ivy atendeu. "Olá, Ivy Chandler."

"Oi, Ivy, é Dan."

"Oi," ela disse, aliviada ao ouvir sua voz. "Onde

você está, querido?"

"Ainda na Geórgia," ele resmungou. "O despacho deveria ter uma carga para mim hoje, mas ainda estou aqui esperando. Parece que posso ficar preso aqui até depois do maldito fim de semana," ele disse com um suspiro profundo. "Sinto muito."

"Está tudo bem. Tenho que fazer algumas revisões para a minha editora." Ivy pulou com outro estrondo de trovão e quase deixou cair o telefone. "Como está o tempo aí? Está chovendo a cântaros aqui."

"Então, você está em casa?" Ele perguntou e Ivy pôde ouvir o alívio em sua voz.

"Sim, cheguei esta tarde. Até descarreguei o carro e guardei tudo antes que a chuva caísse."

"Isso é bom. Como está o gato?" Dan não tinha ficado feliz com a perspectiva de ter um gato dentro de casa, e Ivy apreciou sua consideração ao perguntar sobre ele.

"Ele está enroscado na almofada do balanço em frente à lareira."

"Sentindo-se em casa então? Isso é bom." Dan deu uma risadinha. "Há avisos de tempestade aqui também. Parece que um furacão ganhou força no Atlântico e pode aterrissar perto daqui em algum momento hoje à noite."

"Isso é ótimo," Ivy suspirou. "Passei por um tornado e agora você, um furacão. Atraímos o mau tempo ou algo assim?"

"Liguei para minha despachante e disse que se as coisas ficarem feias aqui, vou para casa." Ele parecia preocupado.

"Quão ruim está?" Ela perguntou, preocupação agora rastejando em sua voz.

"A tempestade está muito ruim agora e a estação meteorológica diz que eles podem evacuar o condado. Estou estacionado em um terreno elevado aqui, mas se chover muito mais, as estradas podem inundar nas áreas mais baixas. Só não sei por quanto tempo mais devo esperar."

"Venha para casa então," Ivy pediu. "Você pode pegar uma carga aqui. Não te vejo há semanas."

"Faz apenas duas semanas e você também estava na estrada."

"Eu sei, mas estou com saudades." Ivy olhou para cima para ver o caminho do furacão sendo exibido no canal meteorológico. "Aquele furacão está atingindo a fronteira Geórgia-Flórida, de acordo com o que estou vendo no Weather Channel."

"Sim, estou dando o fora daqui. Eles acabaram de anunciar que o condado está sendo evacuado. Estou na cafeteria na parada de caminhões e eles acabaram de anunciá-lo a todo volume no sistema de PA. Tenho que ir."

"Ok, querido. Fique seguro e me ligue ou envie uma mensagem de texto mais tarde. Vou manter meu telefone por perto."

"Eu irei. Ivy?"

"Sim?"

"Eu te amo," ele disse rapidamente. "Tenho que voar, mulher. Falo com você mais tarde." Ele desligou antes que Ivy pudesse responder ao seu anúncio.

Ivy ficou sentada com o telefone na mão, olhando para a tela em branco. As palavras dele se repetiram em sua cabeça. *Ivy? Eu te amo.* Seu coração palpitou no peito e sua barriga se agitou. Lágrimas brotaram em seus olhos. Nenhum homem havia dito essas palavras para ela e parecia que ele falava sério há muito tempo. Ivy fechou os olhos com força.

Por que eu não disse isso de volta antes que ele desligasse? Ele estava esperando que eu dissesse de volta? Eu não poderia dizer isso de volta. Ele desligou rápido demais. Devo ligar para ele? Não, ele está tentando deixar o caminhão pronto para rodar em uma tempestade. Vou esperar.

A dúvida atormentou Ivy durante as duas horas seguintes. Ela enfiou o telefone no bolso do robe e desejou que ele tocasse, mas não tocou. Ela começou a digitar o número dele uma dúzia de vezes, mas não queria incomodá-lo enquanto ele dirigia, especialmente com mau tempo.

Ivy ficou sentada no sofá, tomando um gole de chocolate quente e assistindo ao Weather Channel. Ela enroscou os dedos em seu cabelo castanho e pegou o telefone novamente. Ele tocou e Ivy se atrapalhou para abrir e atender.

"Olá," ela disse ansiosa.

"Oi, querida," Carl respondeu com um tom impertinente e Ivy quis encerrar a ligação, frustrada. "Como você está se saindo no fim do mundo com este tempo hoje à noite?"

"Estamos bem," Ivy respondeu enfadonha.

"Você e o menino caminhoneiro?" Carl perguntou com um sorriso de escárnio.

"Não, Cheshire e eu. Dan está na estrada." Ao ouvir seu nome, Cheshire desenroscou-se da almofada e espreguiçou-se.

"Você já voltou para Phoenix?" Carl perguntou surpreso.

"Acabei de voltar esta tarde. Você ainda não voltou?"

"Não, ainda estou aqui. Queria ter tudo pronto com os condomínios antes de voltar de carro."

"Judith não vai pegar o avião para buscá-lo?" Ivy perguntou em um tom malicioso.

"Nós conversamos sobre isso," Carl disse com alguma hesitação, "mas ela tem negócios por aí até o final do mês."

"O que há entre vocês dois, realmente?" Ivy perguntou, mas não sabia se queria que ele fosse sincero ou não.

"Judith e eu somos amigos íntimos desde antes do divórcio de seu último marido."

Finalmente, a verdade. Muito mais do que apenas amigos e sócios de negócios.

"Ela é uma mulher bonita," Ivy admitiu. "Ela

fica bem de braço dado com você."

"Agora, não seja assim, querida. Você sabia que eu estava saindo com outras mulheres. Você saiu com outros homens. Nunca fomos exclusivos."

"Eu sei disso, Carl," Ivy fez uma pausa, "e agora não somos nada."

"Oh, vamos lá, querida. Você não gostaria de ter um corpo quente ao seu lado naquele quarto atroz em uma noite de tempestade como hoje à noite?" Carl riu, mas parecia esperançoso.

"Eu adoraria ter um corpo quente na minha cama hoje à noite," Ivy suspirou, "mas não o seu." Ela deu um segundo para que a ficha caísse. "Por que Judith saiu daqui tão rápido após me ver?"

"Não foi ver *você* exatamente." Ele parecia querer dizer mais.

"Então foi o que *exatamente*?" Ivy insistiu.

"Ela disse que não gostou da maneira como reagi quando vi você saindo do escritório de Powell com aquele tal de Dan pendurado em cima de você."

"Dan disse que ela tinha a aparência de uma mulher que acreditava que era mais do que apenas uma parceira de negócios."

"Sim, acho que ela acredita," Carl suspirou. "Ela parecia pensar que aquela viagem até aqui seria mais do que apenas negócios e quando ela a viu aqui, assinando os papéis no mesmo dia em que estávamos, ela pensou que você e eu tínhamos combinado isso dessa maneira." Ivy achou que Carl parecia genuinamente chateado com a reação de Judith.

"Então, ela sabia sobre mim?"

"Ela sabia sobre nossa viagem até aqui." Ele fez uma pausa. "Ela nos viu no noticiário depois do tornado."

"Como eu vi vocês dois no jornal em Phoenix?" Ivy não pôde deixar de esfregar sal na ferida.

"Algo assim," ele admitiu.

"E ela nunca pensou que vocês dois *não* tivessem um relacionamento exclusivo?"

"É diferente com Judith, querida. Preciso dela para o negócio. A empresa de desenvolvimento dela subscreve a maioria dos meus negócios."

"Ter uma mulher com dinheiro extra é útil, eu suponho."

"E o menino caminhoneiro não a vê como uma grande conta bancária agora que está ganhando dinheiro com o negócio do livro? Qual é a sensação de ser usada para variar?" Carl zombou.

"Na verdade," Ivy enfureceu-se, "ele não me vê como uma vaca leiteira de jeito nenhum. Ele ganha bem com seu caminhão e não precisa do meu parco dinheiro. Carl, nunca lhe pedi nada em todo o ano em que nos saímos juntos."

"Você pode não ter pedido abertamente, mas certamente insinuou muito."

"Eu realmente lamento que você tenha visto isso dessa maneira, Carl. Boa sorte com os condomínios e com Judith." Ivy desligou.

18

Como a maioria dos habitantes locais, Ivy evitou o lago e a rua principal de Branson durante o fim de semana do dia do Trabalho. Ela passou o feriado no balanço da varanda com o laptop sobre os joelhos, fazendo as revisões em seu manuscrito que a editora queria. Ela não conseguia entender por que eles estavam com tanta pressa. O contrato dizia que eles tinham dezoito meses para publicar.

Dan ainda não tinha voltado. Ele escapou da tempestade, mas seu despachante encontrou uma carga para pegar no Texas e transportar até St. Louis. Ele pegou tal carga e Ivy o esperava de volta em breve.

Depois da sua conversa com Carl, Ivy havia passado pelo condomínio com a rampa para barcos e o viu amarando uma lancha rápida esportiva ao cais. Ela se perguntou se Judith Merriman estava subscrevendo essa compra também. Ivy teve alguma satisfação ao ouvir Carl admitir que ela sempre suspeitou que ele pensava nela. Partiu-lhe o coração, mas ela ficou feliz em saber. Sua dúvida não tinha sido infundada, afinal.

Dan ligou alguns minutos depois que ela encerrou a ligação com Carl e, quando atendeu, Ivy pensou que poderia ser seu ex-amante ligando de volta.

"O quê?" Ivy disse de maneira ríspida.

"Estou te interrompendo ou algo assim?" Dan perguntou ao ouvir sua saudação abrupta.

"Oh não, querido," Ivy se desculpou. "Pensei que fosse outra pessoa."

"Agora, quem estaria ligando para minha mulher tão tarde e a perturbaria?"

"Foi Carl," ela disse com um suspiro. "Ele finalmente admitiu que acreditava que eu estava atrás dele por causa do seu dinheiro."

"Achei que fosse a loira que tem o dinheiro."

"Sim, mas eu não poderia saber quando nos conhecemos," Ivy chiou, "e ela o deixou aqui porque pensou que ele e eu tínhamos planejado algo pelas costas dela."

"Não é como se ele não tivesse tentado."

"Ele ainda estava tentando esta noite." Ivy riu. "Você pode acreditar nisso?'

"O que o filho da puta disse?" Dan perguntou zangado. "Ele tem muita coragem em tentar ir para a cama com a minha mulher quando sabe que ela já está comprometida."

"Sim, e *após* ter insultado decoração do meu quarto."

"Cara muito corajoso. Você pode sobreviver dando em cima da mulher de outro homem, mas nunca terá sorte ao insultar sua decoração." Dan riu e Ivy se juntou a ele.

"Sou. Você sabe." Ivy disse.

"Você é o quê?"

"*Sou* sua mulher." Ivy respirou fundo antes que concluísse. "Eu também te amo, Dan Wingate, e estou feliz em me autodenominar sua mulher."

"Eu sei disso," ele disse baixinho através do telefone para o ouvido dela. "Sei disso desde a nossa primeira noite juntos. Uma mulher não transa com um homem como você transou comigo, a menos que haja a possibilidade de algum amor aí. E eu te amo. Nunca pensei que haveria outra mulher para mim depois da minha Cindy." Ele fez uma pausa e Ivy verificou se havia perdido a conexão. "Eu transei com algumas, mas nunca consegui amar nenhuma delas. Você é uma mulher especial, Ivy Chandler, e tenho orgulho de dizer que te amo."

"E eu tenho orgulho de dizer que também te amo, Danny." Ivy deu um suspiro mental de alívio. "Como está o tempo onde você está agora?"

"Eu saí correndo da tempestade cerca de uma hora atrás, e vou parar na próxima parada para passar a noite e informar minha despachante sobre o que está acontecendo pela manhã."

"Isso é bom. Me ligue de manhã também. O pior da tempestade passou por aqui também, e agora é apenas uma chuva fraca."

"Talvez a cidade consiga seu último grito de alegria para o verão, afinal. Boa noite, Ivy. Eu te amo e te ligo de manhã." Novamente, ele a cortou antes que ela pudesse responder. Ela teria que ter uma conversar com ele sobre isso.

Ivy tinha uma sensação calorosa em todas as partes toda vez que repassava aquela conversa em sua cabeça.

Ele me ama. Ele é bonito, ele me respeita e ele me ama. O que mais uma mulher poderia querer?

No dia seguinte, enquanto Ivy estava sentada em seu balanço, refletindo sobre isso, Peggy passou de carro. Crianças em trajes de banho, segurando brinquedos de praia inflados, enchiam a traseira de sua caminhonete ligeiramente amassada. Ivy acenou. As crianças sorridentes acenaram de volta e gritaram saudações, mas Peggy virou a cabeça. Ivy balançou a sua e voltou a trabalhar em seu laptop.

O anoitecer caiu e Dan ainda não havia retornado. Ivy culpou o tráfego do feriado e se perguntou se seu ponto de entrega estaria operante durante o fim de semana do feriado. Ela esperava que ele não ficasse preso em St. Louis até terça-feira, quando as empresas reabrissem. Os mosquitos ainda estavam ativos e começaram a atormentá-la.

Ela despertou Cheshire da almofada ao lado dela e eles entraram.

Ivy começou a levar o gato para fora com ela um dia após seu retorno. Ela queria que Cheshire se familiarizasse com sua nova casa. Nas primeiras incursões, ele ficou perto dela, mas depois de alguns dias, ele saltou da varanda para explorar o quintal e perseguir borboletas e abelhas no trevo.

Ivy gostou de ver o gato descobrir coisas pela primeira vez. No entanto, ela o observou de perto porque tinha visto várias cobras pretas gigantes na estrada e não queria que ele tentasse brincar com uma delas. Ele nunca teria permissão para sair à noite, pois Ivy tinha ouvido coiotes uivando à distância em muitas noites desde que se mudou para a cabana rural.

O motor barulhento da grande plataforma de Dan acordou Ivy por volta das três, quando ele estacionou na área de cascalho que ele havia feito para o caminhão grande ao lado da cabana, depois de se certificar de que Ivy daria boas-vindas a sua companhia ali. Ela se levantou e o encontrou na porta de braços abertos.

"Estou feliz que você esteja em casa." Ela permitiu que ele a envolvesse em um abraço de urso apertado.

"Isso soa bem, sabe," ele sussurrou em seu ouvido.

"O quê?" Ela inclinou a cabeça para trás para olhar em seus grandes olhos castanhos.

"Casa," ele suspirou. "É bom ouvi-la chamá-la de minha casa."

"Nossa casa." Ivy o beijou e derreteu em seu abraço forte.

Dan virou o interruptor para desligar a luz da varanda, pegou a mão de Ivy e a conduziu para o quarto.

"O que exatamente aquele velho bastardo corajoso acha que há de errado com este quarto?" Dan perguntou enquanto estendia a mão e acendia a luz do banheiro. O brilho azul da tela da televisão iluminava a cama de latão e o agradável quarto feminino.

"São todos os móveis pintados chiques e maltrapilhos," Ivy explicou. "As pessoas que realmente gostam de antiguidades acham que estraga o valor de uma peça de mobiliário pintá-la e decorá-la com estênceis e tal."

"Bem, isso é apenas besteira," Dan resmungou. "Cindy fez isso com peças que, de outra maneira, eram lixo, com acabamentos manchados ou arruinados. Ela pegava peças em vendas de quintal e lojas de segunda mão o tempo todo. Ela as pintaria e as venderia para aquele velho depravado do Humphry por um bom lucro. As pessoas gostam, e este quarto está muito bonito do jeito que você o arrumou."

"Obrigada, Danny. Você é tão doce."

Ivy começou a chamá-lo de Danny durante o sexo, e isso pegou durante seus momentos privados juntos. Ele lhe pediu para não o chamar por esse nome em público, já que era seu apelido na infância e levou anos para fazer seus amigos e familiares usarem o Dan mais adulto.

"Preciso de um banho. Quer se juntar a mim?" Ele a provocou ao tirar a camiseta suada para revelar a parte superior de seu corpo tonificado e musculoso e os braços bronzeados.

Droga, ele parece bem para um homem de sessenta anos. Ele tem um pouco de cabelo grisalho e o início de uma barriguinha no torso, mas o resto dele ainda parece bem. Nem um ponto fraco neste homem.

Ivy caiu de costas na cama. "Tomei um antes de dormir. Esperarei por você aqui." Ela jogou um beijo para ele.

"Sua perda," ele provocou e deixou a calça jeans cair no chão, expondo a grande protuberância em sua cueca branca

Ivy tirou sua camiseta comprida de dormir e se esticou nua sobre os lençóis rosa. "Esperei tanto tempo." Ela levantou o joelho direito e o deixou cair para expor a vagina. "Acho que posso esperar mais dez minutos." Ivy moveu a mão e começou a massagear seu clitóris inchado. "Vou deixá-la pronta para você."

Dan estava delineado na porta de boca aberta. "Você é uma mulher má, Ivy Chandler.'

Ela o observou tirar a cueca branca e riu. "Assim a prima Peggy diz. Sou uma mulher má e ímpia vivendo em pecado e desavergonhada." Ivy ouviu a água começar a correr no chuveiro e a porta de vidro fechar. Ela se pôs à vontade nos travesseiros e trocou o canal na televisão. Ela encontrou uma criatura no canal SYFY e esperou que Dan terminasse seu banho.

Ivy deve ter adormecido porque Dan a acordou quando jogou o corpo úmido na cama, enterrando o rosto frio e mal barbeado entre seus seios. A mão dele encontrou o caminho para sua virilha e a sondou.

"Ela está pronta para a ação ou está dormindo também?" Dan riu enquanto mordia um mamilo, que endureceu com sua atenção. "Isso está acordado." Ele beliscou o outro, rolando-o com força entre o polegar e o indicador. "Este também está acordado." Ele sabia do que ela gostava e beliscou com mais força, puxando o mamilo em sua boca entre os dentes e mordendo.

Ivy, seu clitóris começando a latejar com a atenção dele em seus mamilos, podia sentir a ereção rígida deslizando contra sua coxa. Ela se inclinou e agarrou suas bolas. "Ele está acordado." Ivy ofegou quando Dan mordeu com mais força, mas arrastou a ponta do dedo de suas bolas até o eixo pesado para circundar levemente a cabeça protuberante. Ela o apoiou no ponto sensível, logo abaixo da uretra.

"Oh, mulher," ele gemeu e soltou o mamilo de sua boca. "Continue assim e vou gozar em toda a sua perna."

"É melhor você não fazer isso. Acabei de trocar esses lençóis hoje." Ivy abriu mais as pernas e ele subiu em cima de seu corpo. Dan se acomodou nela do jeito que ela gostava, colocando a cabeça para dentro e para fora algumas vezes antes de entrar completamente e dar um tapa na bunda dela com suas bolas pesadas.

"Oh, sim, Danny," Ivy gemeu, "exatamente assim." Ela soltou um gemido alto quando ele finalmente empurrou para dentro dela e manteve um ritmo forte e constante enquanto ela se arqueava para encontrar suas investidas ansiosas.

"Não vou durar muito esta noite," ele ofegou enquanto beliscava o mamilo dela para suscitar seu orgasmo. Quando o orgasmo pulsante dela apertou sua ereção, Dan gemeu alto: "Jesus Cristo, mulher."

Ivy puxou seu rosto para o dela e beijou-o, silenciando-o. "Não tão alto, Danny. Se Peggy ouvir isso, ela vai nos queimar na fogueira como blasfemadores."

"Ela não mora tão perto," Dan repreendeu enquanto rolava para deitar ofegante ao lado de Ivy. "E eu não sou *tão* barulhento."

"Sim, você é." Ivy puxou lenços de papel da caixa ao lado da cama e os enfiou em sua vagina gotejante. "E as janelas estão abertas."

"A casa dela fica a oitocentos metros subindo a estrada."

"Eu sei, e como eu disse, as janelas estão

abertas. O som viaja por esse buraco. Eu a ouço gritar com aqueles netos o tempo todo."

Dan riu, foi ao banheiro para se limpar e apagou a luz antes de voltar para a cama. *A cama deles.* Ivy sorriu, ouvindo os sons da noite passando pelas cortinas de renda, que eram movidas por uma brisa fresca e suave. Grilos e esperanças gorjeavam, curiangos arrulhavam e coiotes uivavam à distância. O mugido de uma vaca foi registrado pela cabeça de Ivy junto com os roncos suaves de Dan ao lado dela enquanto ela adormecia nas primeiras horas da manhã do dia do Trabalho.

19

Ivy acordou com o aroma de café. Ela sentou-se, espreguiçou-se e vestiu sua camiseta comprida. Depois de uma parada rápida no banheiro, ela se arrastou até a cozinha, onde Dan estava no fogão, quebrando ovos em uma frigideira. Ela foi até o armário e pegou as canecas.

"Tem um cheiro ótimo aqui." Ivy ficou na ponta dos pés e beijou Dan na bochecha mal barbeada. "Quem o ensinou a cozinhar?"

"Minha mãe. Ela sempre disse que um homem precisa saber se cuidar, então aprendemos a cozinhar e lavar roupas como as meninas."

"Mulher inteligente." Ivy serviu um pouco de café para os dois após certificar-se que Dan já não tivesse servido um para si mesmo. "Você quer seu café aí?"

"Não, apenas coloque-o sobre a mesa. Estou

quase terminando aqui." Ele caminhou até a mesa com a frigideira e raspou os ovos mexidos com queijo em seus pratos.

Ivy estendeu a mão e deu um tapa em seu traseiro firme. "Estou tão feliz por você estar em casa."

Dan levou a frigideira até a pia e a encheu de água. De volta à mesa, ele pegou a mão de Ivy e a beijou. "Eu também."

Cheshire, geralmente tímido com pessoas novas no começo, evitou Dan, mas o cheiro de comida e a presença de Ivy atraiu o gato para a cozinha. Ele se esfregou na perna de Ivy e enroscou seu corpo musculoso ao redor de seus tornozelos. Ivy puxou sua cadeira para trás e pegou o gato. "Dan, este é Cheshire, o ladrão de sanduíches."

Dan estendeu a mão, acariciou o felino ronronante e ofereceu-lhe uma porção dos ovos saborosos com queijo. Cheshire farejou antes de arrancá-la dos dedos de Dan. "Olá, Cheshire. Seremos amigos, mas se você tentar roubar meus sanduíches, provavelmente vou chutar sua bunda peluda da varanda." Dan esfregou as mãos na calça jeans antes de voltar a comer.

Ivy largou o gato no chão, usou uma toalha de papel para limpar as mãos e pegou o garfo.

"Esses ovos estão ótimos. Sua mãe fez um bom trabalho."

"Eles ficam muito melhores quando você usa queijo Velveeta, mas tudo que você tinha era queijo

Kraft Singles. Na verdade, essa era a especialidade do meu pai." Dan deu uma grande mordida, seguido por um gole de café. "Ele preparava o café da manhã todos os domingos para dar um descanso à minha mãe."

"Prometo me lembrar do queijo Velveeta na próxima vez que eu parar no IGA se você me prometer mais cafés da manhã de domingo como este." Ivy riu.

"Só se você *me* prometer noites de sábado como ontem à noite." Ele sorriu e estendeu a mão direita para um cumprimento.

Ivy pegou a mão dele. "Combinado."

Eles terminaram o café da manhã, conversando sobre seus planos para a próxima semana. Dan precisava levar o caminhão grande para comprar um pneu novo e queria pegar a madeira para construir um abrigo para carros ao lado da cabana.

"O que você acha de estender o deque ao redor da extremidade da cabana para se conectar ao abrigo para carros? Cindy me mostrou uma foto em uma revista uma vez que tinha um deque como esse, e sempre conversamos sobre construir um, ma..." Seu rosto ficou um pouco nublado.

"Isso parece ótimo, Dan. Cindy tinha bom gosto e se ela achou que ficaria bom, sou totalmente a favor. O que você acha de uma banheira de hidromassagem?" Ivy ofereceu timidamente.

Ele olhou para ela e sorriu. "Poderíamos colocá-la no local ondc a varanda faz a curva. Então, poderíamos acessá-la pela porta da frente ou pelos fundos."

"Maravilhoso. Uma banheira de hidromassagem seria ótima no clima mais frio. Adoro ficar imersa em água quente."

"Eu também, mas você gostaria que ficasse bem na frente, onde qualquer um que passasse de carro pudesse ver?" Ivy sabia que ele se referia a Peggy e suas amigas intrometidas.

"Bom ponto. Por que não construímos o deque até a extremidade traseira da casa, além do abrigo para carros e colocamos a banheira lá atrás. Estaríamos restritos a usar a porta dos fundos, mas tudo bem."

"Excelente." Dan pegou uma caneta da bancada e uma toalha de papel. Ele fez um esboço grosseiro do deque planejado e do abrigo para carros com a banheira de hidromassagem na parte dos fundos. "Vou colocar uma cobertura de treliça sobre a banheira para afastar o pior das folhas no outono e sombrear um pouco no verão."

"Podemos plantar uma videira com flores para crescer sobre ela ou talvez algumas uvas," Ivy acrescentou com um sorriso entusiasmado.

"Isso poderia anular o propósito se acabarmos com folhas e flores mortas flutuando na água de qualquer maneira." Dan riu.

A discussão foi interrompida por uma batida forte na porta da frente. Ivy ouviu um veículo se afastando, mas não conseguiu dar uma boa olhada nele quando chegou à porta. Ela olhou para baixo para ver uma cesta com uma alça de vime. Um pano de xadrezinho vermelho cobria o conteúdo. Ivy pegou a cesta e levou para a cozinha.

"Alguém nos deixou um presente." Ivy colocou a cesta na mesa e tirou o pano. O cheiro de muffins picantes flutuou em seu nariz. "Há um bilhete." Ivy abriu o pequeno pedaço de papel dobrado e amarrado na lateral da alça com uma fita vermelha.

Bem-vinda, Nova Vizinha,

Por favor, aceite este pequeno símbolo de boas-vindas. Esperamos que você se sinta à vontade para se juntar a nós nos cultos aos domingos.

Seus amigos da Igreja Metodista Mount Pleasant.

"Isso não é fofo," Ivy disse e pegou um dos muffins grandes e pesados. Ela o levou ao nariz e inalou. "Abobrinha, eu acho. Espero que tenham nozes. Vamos comer um com o resto do nosso café na varanda?"

"Estou cheio." Dan esfregou a barriga, mas pegou sua caneca e tornou a enchê-la. "Mas sentar lá fora parece bom." Ele seguiu Ivy até a varanda para se sentar em uma das cadeiras de vime almofadadas. "Aproveite o seu muffin. Comerei um mais tarde."

Ivy mordeu o muffin úmido. "Humm," ela

gemeu de prazer enquanto mastigava. "Nozes *e* passas. Isso está divino. Não me deixe esquecer de enviar-lhes um belo bilhete de agradecimento."

Dan fez uma careta ao vê-la devorar o muffin seguido de café. "Sou seu secretário agora, Sra. Chandler?" Ele finalmente abriu um sorriso, observando-a terminar o muffin, pegando as migalhas de seu colo e colocando-as em sua boca. Ele se levantou.

"Não sei onde você vai colocá-lo, mas vou pegar outro." Ele entrou na cabana e voltou com outro muffin pesado e úmido em uma mão e um bule de café fresco na outra. "Você vai engordar se comer todos aqueles muffins. Por que você não coloca alguns deles em um Ziploc e os joga no freezer." Ele encheu a xícara de Ivy e colocou o bule na mesa.

O muffin temperado com canela, cravo e noz-moscada encheu sua boca e encantou Ivy. Ela mastigou ruidosamente uma noz e mascou uma passa.

Essa é a combinação perfeita para um muffin. Vou ter que implorar ao padeiro por sua receita.

Quando finalmente esvaziaram o bule de café, Dan sugeriu que corressem até a cidade mais próxima com um Home Depot para perguntar o preço da madeira para a varanda e o abrigo para carros.

"Não seria melhor comprar local? Existe uma loja de materiais de construção aqui na cidade?"

Ivy perguntou enquanto pegava suas canecas e o bule.

"Sim, mas o estoque do inventário deles não é bom e eles são muito caros."

"Prefiro gastar meu dinheiro localmente, se você não se importa," Ivy disse. "Essas lojas grandes colocaram tantos pequenos vendedores locais fora do mercado."

"O dinheiro é seu, Sra. Chandler. Você é mais do que bem-vinda para gastá-lo onde quiser," Dan disse com seu sotaque sulista exagerado.

"Não seja condescendente comigo, Danny," Ivy repreendeu. "Tenho vários velhos amigos em casa, cujos pais faliram depois que o Wal-Mart chegou à nossa cidadezinha, baixou seus preços, roubou seus funcionários e os expulsou do negócio. Sempre vou fazer compras em uma cidade pequena, especialmente se for a *minha* cidade pequena."

"Acho que não posso argumentar contra isso. Não sei se a madeireira local está aberta hoje, mas podemos dar uma olhada."

Ivy terminou os pratos com Dan importunando-a, dando um tapa em seu traseiro e mordiscando seu pescoço toda vez que ele passava. Já fazia muito tempo que Ivy não tinha alguém com quem brincar de tapa e cócegas enquanto tentava trabalhar. Ela achou isso distrativo, mas agradável.

A madeireira local estava aberta para negócios, para desgosto de Dan, e bastante movimentada. O cheiro de madeira recém-cortada encheu o nariz de

Ivy quando eles entraram e Ivy respirou fundo. Ela amava esse cheiro. Um de seus ex-maridos havia caçoado dela dizendo que, se ele quisesse transar um pouco, tudo que ele precisava fazer era levá-la ao Home Depot, porque ela sempre saía com tesão depois das compras. Ivy não tinha certeza se isso era verdade, mas ela *realmente* gostava de design para a casa e de comprar tintas, papéis de parede e enfeites.

Ela contou essa história a Dan, e ele deu um sorriso lascivo. "Vou testar isso e, se for verdade, teremos que tornar isso uma coisa habitual."

"Ok, certo." Ela deu um tapinha de brincadeira em seu ombro. "A cabana está perfeita do jeito que está. Não preciso de tinta, papel de parede ou armários novos." Ivy franziu a testa pensativa. "Mas eu gostaria de dar uma olhada nos puxadores de armário. Quero comprar uns redondos de porcelana branca para combinar com os do armário de tortas."

"Você vê," ele riu, "Eu sabia que haveria algo. Fui casado com a rainha do design doméstico durante trinta anos. Eu viria aqui por uma coisa, e se trouxesse Cindy junto, sairíamos com o caminhão completamente carregado."

"Como você é com encanamento?" Ivy deu uma risadinha. "Gostaria de trocar as torneiras por aquelas pretas de aparência vitoriana para combinar com os toalheiros."

Dan revirou os olhos enquanto seguia Ivy até o

departamento materiais hidráulicos, onde ela parou em frente a uma vitrine de torneiras e chuveiros. “Não são legais?” Ivy perguntou enquanto pegava um chuveiro preto de 23 centímetros de largura com acessórios de latão brilhante que realçavam o acabamento preto fosco. Ela também apontou para uma torneira de pia de bica alta de tamanho considerável. “Estas são perfeitas.”

Ivy estava rindo quando de repente ela se inclinou com uma dor terrível e vomitou no chão do amplo corredor de materiais hidráulicos. “Oh, meu Deus, Danny.” Ela agarrou o braço dele para se apoiar. “Estou tão tonta... acho que vou desmaiar.” O estômago de Ivy ficou nauseado novamente e ela sentiu a bile subindo por sua garganta. Ela respirou fundo, mas começou a engasgar.

“Querida, o que foi?” Ela ouviu Danny perguntar, mas sua voz parecia muito distante. Ele bateu em suas costas enquanto ela tentava limpar a garganta do vômito sufocante. Seu corpo começou a tremer. Ela não tinha controle. “Ivy... Ivy.” Então ela não viu mais o rosto de Dan ou o corredor do departamento de material hidráulico. Tudo ficou preto.

20

Ivy perdeu a noção do tempo. Ela pensou ter visto o rosto de Dan ou ouvido sua voz algumas vezes. Pessoas que ela não conhecia fizeram perguntas que ela não conseguiu responder. Carrie ficou segurando sua mão por um tempo. Pessoas tentaram fazê-la sentar. Ela não conseguia ficar de pé. Ela caiu de lado. Ivy só queria dormir. Por que essas pessoas não a deixavam dormir? Ela empurrou alguém e depois adormeceu.

A luz rajada do sol da primavera se dissipava através das folhas do grande bordo no quintal de seus avós. Ivy ergueu os olhos para ver seu avô sentado no balanço da varanda, um cigarro pendurado no canto da boca. Ele separava os morangos em caixas de um litro que caberiam doze litros por caixa de papelão liso.

"Ivy, garota, o que você está fazendo aqui? Você

chegou muito cedo. Você precisa voltar." Ele continuou a separar as frutas para as vendas daquele dia na pequena barraca que ele e seus irmãos mais novos construíram na beira da estrada. Ivy estava confusa.

Por que ele iria querer que eu voltasse para casa? Moramos a dezesseis quilômetros de distância e acabei de chegar aqui. Eu deveria colher frutas hoje. Por que ele quer que eu volte?

"Vim começar cedo enquanto ainda está fresco, Vovô."

"Não, você chegou muito cedo, você precisa voltar." Ele soprou a fumaça do cigarro preso em seus lábios. "Volte agora, menina Ivy." O cigarro aceso saltava para cima e para baixo entre seus lábios enquanto ele falava.

"Onde está a Vovó?" Ivy perguntou. Vovó entenderia.

"Ela está na casa." Seu avô apontou para a porta da frente do bangalô construído para seu avô pelo avô dele, a casa em que sua mãe foi criada e a casa onde os pais de Ivy moravam quando ela nasceu. Agora seus avôs moravam aqui, após terem se mudado da cidade há alguns anos.

Ivy foi até a porta e girou a grande maçaneta de latão. Ela ficou confusa ao descobrir que a porta estava trancada. Ivy girou a maçaneta novamente sem sucesso e então bateu. Ela logo viu o cabelo ruivo perfeitamente penteado de sua avó aparecer do outro lado do vidro grosso da porta de estilo artesanal. "É Ivy, Vovó. Me deixar entrar."

"Iva Leigh, você está aqui cedo demais. Você deve voltar." Ivy viu uma luz brilhante vindo de trás de sua avó. Isso confundiu Ivy ainda mais. Vovó nunca acendeu a luz da cozinha durante o dia, dizendo que gastava muita eletricidade. A luz era tão brilhante, tão quente e convidativa. Ivy queria ver de onde estava vindo. Ela nunca tinha visto a luz brilhando tão forte na cozinha da vovó. Isso aumentou sua confusão.

Ivy girou a maçaneta e empurrou a porta. Para sua surpresa, não estava mais trancada, mas sua avó se apoiava nela, impedindo a entrada de Ivy. "Volte, Iva Leigh," a avó disse naquela voz severa que Ivy não se atreveu a desobedecer. "É muito cedo para você estar aqui. Volte agora."

Ivy piscou rapidamente para evitar as lágrimas, mas se afastou da porta, como lhe haviam dito. Ela virou-se para acenar para o avô. "Volte agora, menina Ivy e eu prometo que estaremos aqui esperando quando for realmente a hora de você voltar." Ivy não entendeu, mas fez como seus avós insistiram e desceu as escadas para a sombra profunda e fresca do grande bordo.

21

As vozes altas e zangadas de homens discutindo a acordaram. Ivy achou que devia conhecer os homens conversando, mas ela se sentia tão tonta. Ela não conseguia entender o que estava acontecendo. Um minuto atrás, ela estava na casa de seus avós, se preparando para colher morangos. Agora estava deitada em uma cama estranha. Ivy tentou falar, mas engasgou. Um tubo de plástico enchia sua boca e descia por sua garganta. Além das vozes altas dos homens, Ivy ouviu o bipe e o tilintar das máquinas. Ela tentou se sentar. Ela precisava urinar.

"Isso é culpa sua," um homem gritou.

Ivy parou de tentar se mover e ouviu os homens gritando. Ela sabia lá no fundo que deveria saber quem eles eram, mas os nomes simplesmente não vinham até ela.

"Como diabos é minha culpa que alguém tenha enviado muffins envenenados para ela?"

"Obviamente, é alguém daqui que está irritado por você estar morando com Ivy naquela casa onde você morou outrora com sua esposa falecida. Um desses loucos religiosos caipiras provavelmente se ofendeu e a envenenou."

"E quanto à sua namorada rica e ciumenta, que queria Ivy fora do caminho?"

"Judith não tem ideia de onde Ivy mora. De qualquer maneira, ela não saberia sobre as igrejas locais."

"Senhor, ela é rica. Ela poderia pagar alguém para vir até aqui e descobrir esse tipo de coisa. Eu vi a maneira como ela olhou para Ivy no escritório de Powell. Se olhar pudesse matar, Ivy teria morrido naquele momento. Conheço a loucura quando a vejo e aquela loira tinha loucura escrito por todo seu maldito rosto." A voz parou para respirar antes de continuar. "Você coloca riqueza e loucura juntos e você tem problemas. A polícia já falou com você? Já falei com eles e contei sobre sua namorada loira louca."

"Garanto a você que Judith Merriman não tem nada a ver com isso. Provavelmente foi uma daquelas vadias malucas que ouvi conversando na lanchonete semana passada. Elas estavam dizendo coisas terríveis sobre Ivy e você. Elas acreditam que vocês dois envergonharam sua pobre esposa falecida e estavam falando sobre a ira de Deus caindo sobre vocês dois. Se você me perguntar, Sr. Wingate, essa é a loucura que a polícia deveria estar investigando."

Ivy tentou se mover novamente. Os monitores começaram a soar e Ivy ouviu as solas de borracha dos sapatos correndo para dentro do quarto. Ivy abriu os olhos. Uma mulher vestindo um jaleco Hello Kitty ridículo se inclinou sobre ela enquanto um jovem vestindo um jaleco azul simples apertava os botões da máquina barulhenta ao lado da sua cama.

"Bem, é bom ver que você finalmente acordou, Sra. Chandler. Já faz um bom tempo que estamos esperando."

Ivy tentou falar. "Não tente falar, Sra. Chandler. Colocamos um tubo em sua garganta para ajudá-la a respirar." Ela olhou para o monitor. "Sua saturação parece boa. Vou chamar o médico e talvez possamos tirar esse tubo da sua boca para que você possa falar." A enfermeira se afastou e foi substituída pelos dois homens que Ivy tinha ouvido discutindo. Cada um caminhou para a lateral da cama e segurou a mão. Seus olhos dispararam entre os dois. Ela devia conhecê-los.

"Oi, querida," o homem de cabelo branco disse. "Como você está se sentindo? Você nos deu um grande susto."

Ivy tentou sorrir com sua cortesia, mas não conseguiu. Ela queria fazer perguntas e queria realmente urinar.

"Ei, querida," o homem maior com cabelo castanho cacheado disse. Seus olhos castanhos pareciam preocupados com as olheiras abaixo deles. "Você vai ficar bem agora. O médico disse que se você acordasse hoje à noite, você ficaria bem." Ele passou a mão pela cabeça dela e com gentileza empurrou uma mecha de cabelo emaranhado atrás da sua orelha. "Cheshire está bem, mas ele sente sua falta. Ele apenas fica sentado no balanço da varanda esperando por você."

A visão de um gato gordo e amarelo malhado passou pela cabeça de Ivy, e ela quis sorrir. Enquanto outros funcionários do hospital entravam e saíam, a cabeça de Ivy clareou e ela recuperou mais lembranças. O nome do homem de cabelos brancos era Carl, e o outro era Danny. Quando esses nomes voltaram para ela, lágrimas deslizaram pelo seu rosto.

Que diabos está acontecendo? Sobre o que eles estavam falando? Muffins envenenados? Por que os dois estão aqui? Dan deveria estar aqui. Mas por que Carl está? Ele acha que sou uma interesseira. Deus, eu preciso fazer xixi.

Um homem negro alto e magro vestindo um jaleco branco entrou no quarto carregando uma prancheta de metal. Ele folheou os papéis antes de olhar para os números nas máquinas apitando e clicando ao lado da cama antes de falar com ela.

"Seus números parecem bons, Sra. Chandler, então vamos tirá-la do ventilador agora. Ele apertou um botão e a máquina chiando parou de bombear ar para os pulmões de Ivy. "Vou retirar este tubo. Quando eu disser 'agora', quero que você exale o mais forte que puder." Ele pegou o tubo de plástico branco. "Agora," ele disse e puxou o tubo da garganta de Ivy.

Ivy exalou, mas doeu, e ela acabou tossindo e engasgando. Mas isso passou rapidamente e Ivy teve mais flashes de lembranças. Ela engasgou com o próprio vômito e rolou no corredor de uma loja que cheirava a madeira recém-cortada e vômito. Mãos fortes a seguraram e bateram em suas costas.

Ela se recostou nos travesseiros e tentou respirar de maneira curta e fácil. Seu peito doía quando ela fazia isso, e ela sentiu o cheiro e o gosto de pudim de baunilha. Que estranho. Ivy tentou dizer ao médico que precisava urinar, mas as palavras não se formaram.

"Não tente falar, senhora, aquele tubo comprimia suas cordas vocais. Sua voz voltará em uma ou duas horas. Apenas relaxe." O jovem médico ajustou seu cobertor e colocou um estetoscópio sobre seu peito. "Você aspirou vômito e teve uma forte pneumonia," o médico explicou. "Você precisou ser entubada. Felizmente, você vomitou a maior parte daqueles muffins envenenados ou poderíamos tê-la perdido para sempre. Em determinado momento você teve uma parada cardíaca e tivemos que usar o desfibrilador em você, mas você voltou imediatamente. Algum idiota moeu cogumelos venenosos na massa daqueles muffins." Ele balançou a cabeça. "Coisa desagradável." Ele ajustou os travesseiros de Ivy. "Este tubo em seu nariz é uma sonda de alimentação. E você tem um cateter. Sua função renal parece estar boa e a urina está clara. É com isso que realmente temos que nos preocupar com esses cogumelos venenosos: falência renal. Estaremos retirando o cateter num instante." Ele deu um tapinha na perna dela e saiu pela porta.

Alguém me deu muffins envenenados? Oh, meu Deus. Quem faria algo assim?

Ivy se lembrava de pegar a cesta de muffins na varanda. Ela se lembrava de como eles tinham um gosto bom com seu café.

Pouco depois do médico sair do quarto, uma jovem enfermeira loira entrou e removeu o cateter irritante. Ivy suspirou de alívio imediatamente. Ela deu um longo suspiro como aquele que deu quando estava segurando a bexiga por muito tempo e finalmente conseguiu sentar no vaso sanitário e urinar.

"O médico quer deixar a sonda de alimentação até que sua garganta tenha a chance de se recuperar da intubação." Ela piscou para Ivy e sorriu. "Acredite em mim, o Ensure® que entra na sonda é melhor do que a comida que sai da cozinha no andar de baixo." Ela ofereceu a Ivy um copo de água gelada com um canudo. "Beba isso devagar para que eu possa ver como você engole."

Ivy sugou um pouco da água fria em sua boca.

A sensação em sua língua foi boa e ela engoliu devagar sem problemas. A enfermeira puxou o canudinho antes que Ivy estivesse pronta. "Deite-se agora, querida e descanse. Eles virão colher sangue mais tarde, e seus amigos estão esperando lá fora." Ela piscou para Ivy de novo. "Aqueles dois estiveram ao seu lado a semana inteira. Tivemos que separá-los e colocá-los em cantos separados algumas vezes, mas ambos estavam muito preocupados com você."

22

Dan e Carl voltaram para o lado de Ivy assim que a enfermeira saiu de seu quarto. Os dois puxaram as cadeiras para perto da cama e olharam com cara feia um para o outro por cima dela. Dan se levantou e pegou a mão de Ivy, tomando cuidado com a agulha intravenosa presa na veia.

"Como você está se sentindo, querida?" Ele perguntou e apertou a mão dela. "Não tente falar," ele disse quando ela abriu a boca e tentou formar uma palavra.

Ivy sentiu o calor da mão dele irradiando por seu braço até seu coração. O outro homem segurou a mão dela também, mas não havia calor ali. Carl sorriu para ela, mas também olhou com cara feia para Dan. Ivy pensou que ele olhou com cara feia para Dan do mesmo jeito que um garotinho olhava para outro garotinho que estava tentando tirar um brinquedo com o qual ele não tinha parado de brincar.

"Vamos descobrir quem fez isso com você, querida. Eu prometo e eles irão pagar."

Ivy apontou para o copo d'água na mesa de rodinhas ao lado da cama. "Ag... a," ela disse com a voz rouca por causa da garganta áspera. Os dois homens estenderam a mão para ela, mas o copo estava mais perto de Carl, e ele o agarrou primeiro.

"Aqui está, querida." Ele segurou o canudinho nos lábios secos e rachados de Ivy. Ela tomou um gole e engoliu devagar. A água que escorreu por sua garganta diminuiu a irritação. Carl puxou o canudo de seus lábios. "É melhor você ir com calma por enquanto."

"Você precisa de mais alguma coisa, querida?" Dan perguntou.

"Frio," Ivy deixou escapar em um sussurro rouco.

Dan puxou o cobertor e o lençol sobre os ombros dela e os dobrou sob seu queixo. "Vou pegar um cobertor aquecido no posto de enfermagem." Ivy o observou deixar o quarto. Com sua cabeça ficando menos confusa, ela notou a preocupação no rosto de Dan. Uma das máquinas acima de sua cabeça apitou e Ivy pulou.

Isso deve ser terrível para Danny. Ele está de volta a um quarto de hospital, observando uma mulher com quem se preocupa, possivelmente morrendo.

Dan voltou com um cobertor dobrado e

colocou-o sobre Ivy. O calor irradiou sobre ela. Isso trouxe de volta seu desejo de dormir e suas pálpebras fecharam.

Ivy acordou novamente para ver dois homens de terno de pé ao lado de sua cama. Um deles tossiu e Ivy pôde sentir o cheiro distinto de cigarro velho. Isso a irritou e ela espirrou.

"Sra. Chandler," disse o homem pesado de terno azul. "Sou o Tenente Bailey, e este é o Sargento Vincent. Estamos aqui para fazer algumas perguntas sobre o que aconteceu com você."

Ivy encontrou o botão de controle para colocá-la em uma posição sentada. "Realmente não sei o que posso lhe dizer." Sua garganta ainda doía, mas ela conseguia falar com uma voz rouca.

"Você, por acaso, viu a pessoa que deixou a cesta na sua varanda?" Bailey perguntou.

"O carro estava indo embora quando cheguei à porta," Ivy disse.

"Você deu uma olhada no veículo?" Vincent perguntou. "Era um carro ou um caminhão?"

"Acho que era um caminhão ou talvez um SUV. Eu só dei uma olhada rápida, mas parecia maior do que um carro."

"Você viu a cor?"

"Cor clara, branco ou prata, talvez," Ivy disse e pegou seu copo de água. Desde que acordou, Ivy não conseguia beber água o suficiente. A enfermeira havia lhe dito que era bom beber o máximo que pudesse para livrar seus rins de todas as toxinas deixadas em seu organismo por causa dos cogumelos.

"Você tem alguma ideia de quem poderia lhe desejar mal, Sra. Chandler?" Bailey perguntou enquanto fazia anotações em um pequeno bloco.

Ivy balançou a cabeça. "Não consigo pensar em ninguém que quisesse me machucar. A prima de Cindy Wingate, Peggy, que mora seguindo a estrada, não está muito feliz com o fato de Dan e eu estarmos morando juntos, mas não acho que ela tentaria me matar por causa disso."

"Nós falamos com ela e ela tem um álibi para o momento em que os muffins foram deixados em sua casa," Vincent disse. "De qualquer maneira, a caminhonete dela é vermelha."

"E quanto aos homens em sua vida?" Bailey perguntou sem tirar os olhos das suas anotações. "Ouvi dizer que houve problemas aqui entre Dan Wingate e aquele outro sujeito. Anderson, não é? Quais são os seus relacionamentos com os dois?"

"Dan e eu estamos morando juntos." Ivy olhou para o detetive. "Ele também tem um álibi. Ele estava tomando café da manhã comigo quando a pessoa entregou a cesta."

"Claro," ele disse e olhou para o outro policial com uma sobrancelha levantada. "E esse tal de Anderson? Qual é a sua história com ele?"

"Conheço Carl há pouco mais de um ano. Nós nos conhecemos em Phoenix."

"E você estava tendo um relacionamento físico

com ele?" Vincent perguntou com um olhar presunçoso de desaprovação em seu rosto.

Eu me pergunto a qual igreja bíblica radical por aqui ele pertence.

"Isso acabou antes de eu me mudar para cá. Carl está comprometido com uma mulher em Phoenix."

"Dan nos disse que havia alguma animosidade entre você e esta..." Bailey folheou seu bloco de notas, "...Merriman. Você e Judith Merriman trocaram algumas palavras sobre esse tal de Anderson?"

"Não," Ivy disse determinada. "Só encontrei a mulher uma vez no escritório de Norman Powell. Fomos apresentadas por Carl, apertamos as mãos e saí do prédio com Dan. Não a vi ou falei com ela desde então."

"E ela nunca fez ameaças sobre o seu relacionamento com Anderson?" Vincent perguntou.

"Por que ela faria? Carl e eu não temos mais um *relacionamento.*"

"De acordo com a equipe aqui, eles acreditam que o Sr. Anderson sente que você e ele ainda são um casal," Vincent sorriu com desdém.

"Sargento," Ivy enfureceu-se, "não aprecio seu tom. Sr. Anderson e eu *não somos um casal.* Não somos desde antes de me mudar para cá. Tenho um relacionamento muito saudável e feliz com Dan Wingate."

"Sim," ele resmungou, "e você está morando com o homem na mesma casa em que ele morava com sua falecida esposa. Isso não incomoda vocês dois?"

Ivy virou a cabeça para se dirigir ao tenente Bailey. "Considero que não tenho mais nada a acrescentar à sua investigação e estou exausta." Ivy bocejou e se espreguiçou. "Acho que já disse tudo que podia."

Bailey fechou seu bloco de anotações, lançou um olhar irritado para Vincent e fez um gesto para que o outro homem saísse. "Obrigado pelo seu tempo, Sra. Chandler. Entraremos em contato quando tivermos algumas respostas para você."

"Obrigada," ela disse e observou-os sair do quarto.

Bom Deus, eu achava que as pessoas no sul de Indiana eram puritanas, mas esse pessoal do Missouri os derrotou por um quilômetro. Estamos incomodados por morarmos juntos na casa de Cindy? Ele realmente acredita que estaríamos morando lá se isso nos incomodasse? Que idiota. Eu me pergunto se ele sabe onde crescem os cogumelos venenosos. Ivy sorriu para si mesma. *Hmm. Título atraente para um livro. Quem sabe onde crescem os cogumelos venenosos? Talvez eu use isso algum dia.*

23

O médico insistiu que Ivy permanecesse no hospital por mais dez dias, dizendo que queria ter certeza de que sua função renal continuaria bem. Ivy suspeitava que o pequeno hospital rural viu a oportunidade de um grande pagamento de sua operadora de seguro médico e pediu ao médico para protelar sua alta pelo maior tempo possível.

Os vampiros da hematologia vinham e tiravam sangue de seus braços duas vezes ao dia. Eles a acordavam de um sono profundo às três da manhã e voltavam às três da tarde para acordá-la de seus cochilos. Técnicos de uniforme azul a levaram de seu quarto em macas para exames de ressonância magnética e tomografia computadorizada. Ivy sofria com a comida terrível e assistia ao canal que exibia reprises dos faroestes clássicos e dos seriados cômicos dos anos sessenta e setenta. Ela sentia falta desesperadamente de seu SYFY Channel e Investigation Discovery.

Dan trouxe seu laptop e Ivy trabalhou em suas edições, assim como no terceiro livro de sua série. Ela postou em seu blog e página do Facebook que estava no hospital com intoxicação alimentar e começou a receber flores e cartões de pessoas de quem ela mal se lembrava.

"Isso não é encantador, Danny?" Ela disse uma noite, gesticulando ao redor do quarto cheio de cestas de arranjos perfumados.

"Você conhece todas essas pessoas? Você tem tantos amigos próximos e parentes?" Dan perguntou, parecendo na dúvida.

"Algumas são parentes e algumas são pessoas que conheci desde o colégio. Recebi esses dois arranjos maiores da minha agente e minha editora."

"A agente e a editora eu posso entender e suas irmãs e filhos," ele suspirou enquanto segurava a mão dela, "mas o resto sabe que você recebeu aquele grande pagamento pelos seus livros e provavelmente espera que você pense com gentileza neles se lhe enviarem flores." Ele apertou a mão dela com força. "Aposto que, depois de chegar em casa, você começará a receber pequenas anotações no Facebook, sugerindo como eles precisam de dinheiro para isso ou aquilo."

"Você acha mesmo?" Ivy perguntou com tristeza.

Dan deu de ombros. "Geralmente é assim que funciona. Depois que Cindy morreu, você não acreditaria quantas pessoas queriam saber quanto do pagamento do seguro de vida eu recebi porque elas eram tão boas amigas de Cindy e sabiam que ela queria que eu as ajudasse com parte do dinheiro."

"Sério?" Ivy perguntou, chocada com a insensibilidade.

"Sim," ele disse com tristeza. "Nunca mais tive notícias de nenhuma delas depois que disse que *não havia* nenhum seguro de vida."

"Isso é lamentável." Ivy apertou a mão dele, mas sorriu. "Vamos recolher todos os cartões e farei uma lista para ver quem, e quanto tempo depois de chegar em casa, começa a entrar em contato comigo com pedidos de ajuda para seus problemas. Como está Cheshire?"

"Ele sente sua falta," Dan disse. "Ele fica deitado no balanço esperando por você e uiva à noite se eu não entrar com a maldita almofada para ele dormir, e tem que ser exatamente em frente à lareira, ou ele terá um ataque." Dan riu.

"Obrigada por cuidar dele, Danny. Eu realmente aprecio isso." Ivy se moveu na cama para aliviar a tensão em suas costas por estar na cama por muito tempo. Ela se levantava e caminhava pelos corredores regularmente porque as enfermeiras disseram que ela precisava evitar que seus músculos contraíssem e para sua circulação.

"Não é problema, querida. Tenho trabalhado no abrigo de carros e no deque e Cheshire não gosta nem um pouco das marteladas ou do som da serra." Ele riu. "Aqueles policiais voltaram?" Danny perguntou.

Ivy balançou a cabeça. "Não tive mais nenhuma notícia deles. Depois de falar com eles, eu realmente duvido que eles se importem com quem tentou nos matar." Ela viu os olhos de Dan arregalarem. "Quem quer que fosse, sabia que você estava lá comigo. Provavelmente pensaram que nós dois comeríamos aquelas malditas coisas." Ivy fez uma pausa. "E se eu tivesse dado um pouco para Cheshire? Ele é um cara pequeno e provavelmente não teria sido preciso muito para matá-lo." Ela estremeceu com o pensamento. "Você tem visto Carl por aí? Ele não vem aqui há dias."

"Talvez ele finalmente tenha tido a maldita ideia de que você não o queria mais por perto e foi para casa." Dan bocejou e se espreguiçou.

"Por que você não vai para casa? Você tem trabalhado muito e deve estar exausto." Ivy deu um tapinha em sua mão.

"Sim, acho que irei. Preciso levar a almofada de Cheshire para dentro," ele riu. "Provavelmente ele está tendo um ataque agora." Dan inclinou-se e beijou Ivy profundamente. "Ficarei feliz quando você chegar em casa," ele sussurrou.

"Você e eu também." Ela suspirou e puxou-o para um último beijo antes dele sair. "Eu te amo."

"Eu também."

Os olhos de Ivy seguiram o lindo traseiro de Dan porta afora para o corredor. Assim que o perdeu de vista, Ivy voltou sua atenção para a televisão e terminou de assistir a uma reprise de *A Sangue Frio*, de Truman Capote. Ela adormeceu antes que Robert Blake balançasse na forca.

Ivy acordou com alguém pigarreando. Meio adormecida, ela presumiu que fosse um dos vampiros vindo tirar sangue. A visão de Carl em pé, iluminado apenas pelo monitor ao lado de sua cama, assustou Ivy, de modo que ela acordou completamente.

"Carl, o que você está fazendo aqui tão tarde?" Ivy perguntou enquanto despertava e se sentava. Ela ficou surpresa ao perceber que o quarto estava na escuridão total, exceto pelo brilho azul da televisão zumbindo, não mais oferecendo a programação da madrugada. Ela não viu nenhuma luz do corredor com a porta de seu quarto fechada.

"Eu vim dizer adeus," ele disse baixinho.

"Você está indo embora então?" Ivy perguntou, bocejando.

"Não," ele sussurrou, "você está."

"O quê?" Ivy perguntou confusa. Ela não tinha nenhum plano para viajar.

"Você me arruinou, Ivy Chandler," Carl rosnou. Ele tinha uma expressão dura em seus olhos que Ivy nunca tinha visto antes e isso a assustou.

"Sobre o que você está falando, Carl?" Ivy perguntou, começando a sentir um pouco de desespero. Ela moveu a mão em direção ao botão para chamar o posto de enfermagem. Felizmente, ele estava escondido sob os cobertores ao lado da sua perna.

"Por sua causa," Carl acusou, "Judith retirou o financiamento de todos os meus projetos e está cobrando todos os empréstimos que fez para mim. Estou arruinado, e é tudo por causa de um pedaço de bunda barato do qual não consegui manter meu pau fora."

"Carl, de que diabos você está falando? Eu não fiz nada para você." A mão de Ivy finalmente encontrou o dispositivo de chamada e seu dedo procurou desesperadamente pelo botão apropriado.

"Judith pensou que eu pretendia pedi-la em casamento naquela viagem, e quando ela a viu aqui, pensou que eu tinha tomado providencias para me encontrar com você pelas costas dela. Ela ficou toda agitada no voo de volta para Phoenix e, quando chegou em casa, começou o processo de dissolução de nosso relacionamento comercial. Ela e seu bando de advogados abutres estão pegando todas as propriedades que compramos juntos."

"Você me arruinou, querida. Você me atraiu com aquela sua pequena xoxota caipira apertada e manteve contato apenas o suficiente para que eu não conseguisse tirar seu cu obsceno e apertado da minha mente." Carl puxou um travesseiro de baixo da cabeça dela. Ivy começou a pressionar os botões do dispositivo de chamada. A televisão desligou, lançando o quarto na escuridão quase total.

Carl pressionou o travesseiro em seu rosto, cortando seu oxigênio. Ivy lutou, mas continuou a apertar os botões do dispositivo que ela esperava que pedisse ajuda ao posto de enfermagem.

"Paguei a uma daquelas caipiras idiotas para assar aqueles muffins especiais para você e deixá-los, mas ela estragou tudo, e aquele maldito caminhoneiro nunca saiu do seu lado por tempo suficiente para eu fazer isso enquanto você estava inconsciente. Esperei no saguão hoje à noite até vê-lo ir embora. Você me arruinou, querida. E eu prometi a mim mesmo que *acabaria* com você hoje à noite."

Ivy viu seu avô sentado na varanda, e vovó estava na porta da frente aberta. Eles a notaram, mas não acenaram para que ela desse um passo à frente. Eles ficaram juntos, sorrindo de maneira serena e esperaram que ela se aproximasse deles. Ivy queria dar um passo à frente para sair da sombra fresca do grande bordo, mas algo a conteve. Uma voz atrás dela chamou seu nome. Ivy virou-se, com tristeza, para seus avós que a aguardavam. Os dois sorriram e acenaram como se estivessem lhe dizendo para se afastar mais uma vez. Eles a chamaram para lhe dizer que estariam lá esperando quando *chegasse* a hora.

Ivy abriu os olhos para as luzes ofuscantes acima de sua cama. Alguém bateu em seu peito, forçando o ar a entrar em seus pulmões. Ivy sentou-se, ofegante. Alguém a agarrou e a puxou de volta para a cama. Ele colocou uma máscara de oxigênio sobre sua boca e nariz. Ivy engoliu o oxigênio que ajudou a clarear sua cabeça. Seus olhos dispararam ao redor, procurando por Carl.

Oh, meu Deus. Era Carl. Carl tentou me matar. Ele tentou me matar duas vezes. Oh, meu Deus.

A tristeza da percepção dominou Ivy e ela se sentiu flutuando para a inconsciência mais uma vez. Ela queria dormir. Se dormisse, tudo iria embora. Ivy queria dormir.

O sol quente da manhã brilhava em seu rosto pela janela na próxima vez que Ivy abriu os olhos. Ela sentiu alguém ao lado de sua cama. Lembrando-se do ataque cruel de Carl, Ivy se afastou.

"Está tudo bem, querida. É o Dan."

Ivy se acalmou, reconhecendo sua voz. "Danny," Ivy chorou. "Foi Carl. Carl tentou me matar." Ela falava como se estivesse resfriada com nariz entupido.

"Eu sei," sua voz acalmou. "A enfermeira me ligou. Eu vim imediatamente, mas você estava dormindo. Você está bem?"

Ivy levou a mão ao nariz que latejava. Ela sentiu uma atadura e algo de metal.

"Disseram que ele quebrou seu nariz quando tentou asfixiá-la. *Nem* me peça um espelho," Dan disse, revirando os olhos e tentando parecer alegre.

"Por quê?" Ivy perguntou e tocou seu rosto sensível mais uma vez.

Sorrindo, Dan pegou seu celular e tirou uma foto. Ivy o viu sorrir antes que ele lhe entregasse o telefone de quatro polegadas. Na tela, Ivy olhava para trás com uma atadura no centro do rosto, mantida no lugar por uma delicada proteção de metal, entre duas protuberâncias roxas inchadas com estreitas fendas secretantes onde seus olhos deveriam estar.

"Oh, meu Deus," ela murmurou, e a raiva de Carl a invadiu. "Onde está o maldito do filho da puta?"

"Ele se foi, Ivy," Dan disse baixinho, pegando a mão dela.

"O que você quer dizer com ele se foi? Eles o deixaram sair do hospital? A polícia está procurando por ele?" Ivy exigiu.

"Os seguranças do hospital o detiveram e a polícia o levou embora," Dan disse. "Mas no caminho para a cadeia, ele teve um ataque cardíaco fulminante e, quando o trouxeram de volta para o hospital, Carl havia partido."

"Oh," foi tudo que Ivy conseguiu dizer quando

uma sensação de alívio tomou conta dela. Ela fechou os olhos e voltou a dormir, perguntando-se quem esperava por Carl do outro lado.

Dan estava ao seu lado quando ela acordou de novo, e eles dividiram um jantar de purê de batata instantâneo, nuggets de frango empapados, ervilhas moles, fatias quentes de pêssego e chá doce fraco. Ivy odiava chá e Dan foi até a máquina de venda automática e pegou um refrigerante para ela.

"Essa comida é uma droga," Dan disse com uma careta. "Quando você chegar em casa, vou preparar uma refeição de frango frito de verdade com purê de batata."

"Isso parece incrível," Ivy suspirou. "Eu realmente sonho em comer comida de verdade neste lugar."

"Eu posso imaginar. O médico me disse que você provavelmente poderia ir para casa em um ou dois dias. Acho que a polícia pediu-lhes para mantê-la aqui apenas para o caso de alguém tentar machucá-la novamente."

A raiva de repente avolumou-se através de Ivy. "Você quer dizer que aqueles bastardos gordos estavam me usando como isca aqui?"

"Não, eles pensaram que você estaria mais segura aqui do que em casa."

"Bem, eles certamente se foderam ali. Não foi?" Ivy balançou a cabeça e uma lágrima de frustração escorreu pelo seu rosto. Carl havia tentado matá-la duas vezes e agora ele jazia morto em uma laje fria na sala do legista em algum lugar. Ele tinha sido seu amante. Ela até pensou que o amava. Como as coisas poderiam ter dado tão errado?

24

Dan foi buscá-la no hospital três dias após o ataque e a morte de Carl. Seus filhos recolheram o corpo dele e o levaram de volta para o Wisconsin para o enterro. Alguém havia deixado um jornal *USA Today* em sua bandeja dobrado em uma página com a foto de Carl da cobertura do tornado em Tulsa. A manchete dizia algo sobre 'De Herói à Tentativa de Assassinato'. Ivy se recusou a lê-lo e jogou-o na lata de lixo ao lado de sua cama.

O médico havia removido a atadura do seu nariz e Ivy ficou feliz em ver que não tinha nenhuma deformidade. O inchaço sob seus olhos havia diminuído, mas haveria círculos escuros sob eles por várias semanas, o médico lhe garantiu.

Um jovem de jaleco azul a conduziu até a porta da frente na cadeira de rodas, onde Dan a encontrou com o Lexus. Ivy nunca tinha ficado tão feliz quanto no minuto em que a levaram para o ar fresco e o sol. Ela nunca mais queria entrar em um hospital.

Ivy entrou no carro e prendeu o cinto de segurança. Dan jogou o saco plástico com as bugigangas do hospital no banco de trás.

"Posso tentá-la com um pouco de carne de porco desfiada e salada de repolho?" Dan perguntou.

"Oh, Deus, sim," Ivy quase implorou.

Eles dirigiram até a churrascaria e Dan entrou. Ivy permaneceu no carro e fez o possível para esconder o rosto quando as pessoas olhavam em sua direção. Seu cabelo parecia uma bagunça e seu rosto provavelmente assustaria crianças pequenas.

Dan voltou com um grande saco de papel pardo e dois copos grandes de isopor com tampa. Ivy pegou os copos enquanto Dan alojava a sacola no chão perto dos pés dela. O aroma de carne de porco defumada encheu o Lexus e a boca de Ivy salivou de antecipação.

Quando eles entraram na garagem, Ivy quase não reconheceu o lugar. Ela não conseguia acreditar que já fazia quase um mês desde que eles saíram para a madeireira naquele dia.

"Oh, meu Deus, Danny," Ivy ofegou, observando a nova adição à sua casa de campo. Ela saiu do carro em um abrigo para dois carros, construído com madeira manchada para combinar com a cabana. "Não consigo acreditar nisso."

Dan deu a volta na frente do carro e abriu a porta para Ivy, que ainda segurava os copos de refrigerante. Dan pegou a sacola de comida. “Venha por aqui, meu amor.” Ele colocou um braço forte ao redor dos ombros dela e caminhou com ela até um conjunto de três degraus com uma grade que levava ao novo deque.

Ivy ficou maravilhada com as adições. À sua esquerda, o deque levava a um pequeno degrau, que conectava o novo deque à varanda da frente. Postes e treliças formavam uma espécie de cerca isolada em torno da nova área do deque. “Isso é lindo, Danny.” Vasos de terracota com calêndulas, petúnias e crisântemos floridos repousavam sobre cada poste.

Dan a virou e a acompanhou até a outra extremidade do novo deque. Um recinto com um telhado tinha sido acrescentado da borda da porta dos fundos cerca de quatro metros até o final da cabana existente. Dan abriu as portas francesas de vidro e conduziu Ivy a um paraíso tropical. O piso, coberto com carpete verde para ser usado em áreas internas e externas, continha uma banheira octogonal borbulhante colocada em um nível mais baixo no centro do cômodo. “Não é preciso escalar lados altos para entrar,” Dan riu, “você pode simplesmente entrar.”

“Oh, meu Deus, Danny,” Ivy disse enquanto lágrimas de alegria escorriam pelo seu rosto machucado. Ao redor da banheira, ele havia arrumado a mobília de vime do pátio. As almofadas vermelhas brilhantes se destacavam contra o tapete verde brilhante no piso e Ivy achou que estava lindo. Um grande vaso de árvore ficava em um canto e vasos de begônias rosa e vermelho-alaranjadas estavam pendurados na frente das paredes feitas de altos painéis de vidro. Ivy olhou para cima e viu dois painéis de vidro colocados no teto também. "Isso é lindo, Danny," ela chorou, "simplesmente lindo."

"Bem, quando esfriar, você não vai conseguir sentar naquele balanço e escrever suas histórias, então pensei que essa seria uma boa alternativa." Ele a abraçou e beijou o topo de sua cabeça. "Você gosta?" Ele perguntou com hesitação.

"Gostou?" Ivy exclamou. "Eu adorei." Ela passou os braços ao redor de Dan e beijou-o na boca, tomando cuidado com o nariz ainda dolorido. "Agora, tenho minha cabana de campo e meu solário vitoriano." Ela rodopiou pelo cômodo iluminado e cheio de sol, sorrindo. "Vou ter que ver se Humphry tem alguma peça de decoração em ferro forjado em sua loja, como uma grande gaiola para um dos cantos e alguns ganchos para as toalhas."

"Oh, bom Deus," Dan suspirou, pegando o corpo magro e devastado de Ivy em seus braços fortes e protetores mais uma vez, "e tudo começa de novo."

Caro leitor,

Esperamos que você tenha gostado de ler *Promessas*. Reserve um momento para deixar uma crítica, mesmo que curta. A sua opinião é importante para nós.

Atenciosamente,

Lori Beasley Bradley e Next Chapter Team

AGRADECIMENTOS

Este livro é dedicado a Adam Sterling, meu amigo, meu mentor, meu apoiador e minha musa. Obrigada por todo seu apoio e encorajamento. Você sempre aparece em meus livros. Desculpe, eu te mato com tanta frequência, mas você vê muita ação. Espero que você aprecie viver... e morrer indiretamente em minhas páginas.

Promessas
ISBN: 978-4-82411-213-2
Edição de impressão grande

Publicado por
Next Chapter
1-60-20 Minami-Otsuka
170-0005 Toshima-Ku, Tokyo
+818035793528

30 outubro 2021

www.ingramcontent.com/pod-product-compliance
Ingram Content Group UK Ltd.
Pitfield, Milton Keynes, MK11 3LW, UK
UKHW040604210726
13854UKWH00009B/2697